怪咖奇异事件簿

STRANGE EVENT

地库牢笼

蔡必贵◎著

贵州出版集团
贵州人民出版社

图书在版编目（CIP）数据

怪咖奇异事件簿．地库牢笼 / 蔡必贵著．-- 贵阳：贵州人民出版社，2022.7

ISBN 978-7-221-17035-4

Ⅰ．①怪… Ⅱ．①蔡… Ⅲ．①长篇小说－中国－当代 Ⅳ．①I247.5

中国版本图书馆CIP数据核字（2022）第002567号

怪咖奇异事件簿 · 地库牢笼

GUAIKA QIYI SHIJIANBU · DIKU LAOLONG

蔡必贵 / 著

出 版 人 王　旭
责任编辑 潘　媛
装帧设计 王　鑫
出版发行 贵州出版集团　贵州人民出版社
地　　址 贵阳市观山湖区会展东路SOHO办公区A座
邮　　编 550081
印　　刷 大厂回族自治县德诚印务有限公司
开　　本 620mm×889mm　1/16
印　　张 15
字　　数 166千字
版次印次 2022年7月第1版　2022年7月第1次印刷
书　　号 ISBN 978-7-221-17035-4

定　　价 49.00元

怪咖奇异事件簿

STRANGE EVENT

目录

第一章

水哥的怪癖

你有没有一些带着怪癖的朋友？比如说：开车的时候老在乎方向盘的角度，或者是出门一定要反复检查门锁，再或者有选择障碍症，站在摆满饮料的货架前，半天选不出一瓶自己合意的。

我叫阿鬼，不过我没什么怪癖，有这个毛病的是我一个朋友，他名叫霍金水，我们都叫他水哥。他身高一百七十五厘米，体重近九十公斤，是个标准的大胖子，做事稳重，做人靠谱，讲义气，够兄弟，能吃能喝会聊天，但就是有个怪癖，让人总觉得有一些硌硬。

他的怪癖具体表现在：无论去哪里，他都背着一个超大容量的迷彩军用背包，无论寒冬酷暑、刮风下雨，一概如此。南方的夏天多热啊，我们出去玩，他穿一条短裤、一件背心，还是背着那个包，摘下来后背都湿透了。

更要命的是，每到一个地方，他人还没坐下，就先把背包往旁边的椅子上一放，把这个位子占住。无论后面来了多少人，位子是不是够坐，他都一定要占着两个位置。

熟悉的人都知道他这个习惯，也不会跟他计较，但有时难免有初次见面的朋友在一起聚会，就有人不知道他这个规矩，自然要请他把包挪开，坐到他旁边。

这时候，水哥一般就开玩笑，比如说包里藏着他的私生子啦，或者是他的塑胶女朋友（带声光电动的充气娃娃）什么的，我们也会帮着圆场，那人也就算了。不过，有好几次，对方也是个倔脾气，不管别人怎么说，拿起水哥的背包就要往下坐。

于是，还没等人坐下呢，水哥抢过背包，转身就走，谁叫都不理。

这样很容易得罪人，但我们也拿水哥没办法，而且也很好奇，水哥的背包里到底装了些什么东西呢？

有一次在 KTV 里，我借着水哥上厕所的时候，偷偷拉开了他的背包。但让我失望的是，里面既没有私生子，也没有充气娃娃，更没有我瞎想的尸块、炸弹、摇头丸……里面就是一台笔记本电脑、一个充电宝、几本杂志和一些户外用品。

那水哥背着这么大个包干吗？我陷入深深的思索。其实我不是一个“八卦”的人，但我“八卦”起来不是人，所以每当想起这件事，我心里就像猫抓一样难受，总想把这件事弄个水落石出。

机会终于来了，借着假期，我、水哥，还有两个女孩子，一个叫小希，一个叫小明，我们四人打算一起去云南玩一圈。我打定主意，一定要把这件事情弄清楚。

根据我的观察，水哥这个人，真是一个谜一般的男子，除了这个背包之外，他身上还有好几个疑团。

第一，据说水哥十年前就考了驾照，但是认识他那么久，我从没见他开过车。像这一次出来自驾游，他也坚决不肯开车，只能我和小希轮流充当司机。他自己的说法是，驾照被吊销了。但别的朋友说他几年前买了辆 Mini Cooper，后来以极低的价格转手。第二，水哥给我看过他以前的照片，那时候的他很瘦，长头发，一脸的忧郁，活脱脱一个四十五度角仰望天空的文学青年，现在却胖得跟洪金宝似的，又剃了个大光头，每次去吃烧烤都会被人错当成老板。听人说，他是三年前突然胖起来的，两个月时间胖了二三十公斤。别的不说，我要是掌握了这门技巧，开个养猪的公司，创业板上市妥妥的。第三，水哥本来在一家大型的 IT 公司上班，那公司出了名的工资高、福利好。他工作干得好好的，又不是找好了下家或者准备创业，突然就“裸辞”了。要不然的话，现在光期权也能拿个一两百万元。他现在的主业，是在淘宝上卖手工皂，这得卖多少块才能把亏掉的期权挣回来？

而且，我综合了各方情报，他卖车、发胖、辞职这三件事情，都发生在同一个时期——三年前。

这里面，一定有什么不可告人的秘密，而关于水哥的背包怪癖，我还有一个大胆的推测——他其实不是一定要背那个包，那只是他的道具，他真正的目的是，不想让人坐在他右边！

小希和小明也是我朋友圈子里的，和水哥关系也不错，自然对他的事情也好奇得不得了。小希是个北方女孩，性格很活泼，长得也很漂亮，皮肤白皙，身材凹凸有致，腰细腿长，最重要的一点是和我一样，都是“单身狗”，所以这次出来玩，我还希望能发生点别的什么，让我们本来就有些暧昧的关系更进一步。

这次出来玩，大家都带了登山包，就水哥还是背着他那超大容量的迷彩军用背包。

小希这时倒来了精神，开口问道：“对了，水哥，你为什么老是背着那个包呀？”

水哥又开始胡扯：“这个嘛，我答应了我的初恋女友，不能说。”

我在一边“补刀”：“小希你就算了吧，就凭你的智商跟情商，十年也套不出水哥的话。”

小希怒道：“你行你上。”

我嘿嘿一笑：“我当然行了，不过有什么好处？”

小希白了我一眼，“就凭你？这样吧，你要能套出水哥的话，我今晚跟你一间房。”她又回过头去，看着身后的水哥，补充了一句，“不过，可不准你们联合起来骗我，不然不算。”

有了小希这句话，我的小宇宙马上燃烧了起来。

“水哥、小明，你们都听见了，小希，到时你可别耍赖。”

“我是这样的人吗？不过先说好啊，你别想歪了，同一间房，可不是同一张床。”

我心里窃笑，是你别想歪了才对，真睡同一间房，到时是不是同一张床，你说了不算，我说了算。

看我们在拿自己当赌注，水哥一副无辜的样子，“阿鬼，我这人很有原则的，你泡不到妹子，到时不能怪我。”

我“嘁”了一声，暗暗发誓：这次要是探不到你的底，我跟你姓水。

中午吃过午饭，接下来我一路狂飙，快到下一站的时候，才让小希接手开车。她虽然自诩为女汉子，但一开起车来就明显是软妹子了，速度根本提不上，硬是晚上七点多才到落脚的城市。

我们找了家看起来开业不久的四星级酒店开了两间房，我跟水哥一间，小希跟小明一间。但我有信心，吃完饭后，战局就会扭转，小希就能跟水哥换房间了。

因为，为了这次能把水哥的秘密揭开，我可花了不少心思，准备了两样制胜法宝。

放好行李后，我们上街溜达，找了家看上去生意很好的火锅店，打算进去吃晚饭。

小明见我提了个袋子，问道："阿鬼，你带的是什么？"

我嘿嘿一笑："等下你就知道了。"

四人找了张桌子坐下，点好了菜，我把袋子提到餐桌上，亮出了第一件法宝——两瓶麦卡伦威士忌。一瓶十八年陈，一瓶二十五年陈，虽然只差七年，但是价格可差了三四倍，两瓶加起来要一万元人民币出头呢。

吃人均一百元的火锅，喝几千元一瓶的酒，就是有钱，就是任性。为了搞清楚水哥身上的秘密，也为了和小希迈入关键的一步，我拼了。

水哥是个单麦威士忌的死忠粉，看到桌上这两瓶酒，眼睛马上直了，喉头滚动了一下。

嘿嘿，鱼上钩了。

就像以前每次吃饭一样，水哥还是背着他的包，放在自己右边的椅子上。此刻在我的眼里，那个背包就是一个沉默的挑衅，搞定了它，我就可以洞悉水哥的秘密，还能跟小希共度良宵。

小明不认识这酒，问道：“这是什么？”

我开玩笑说：“这是国外进口的苹果醋，天地一号，要来一杯吗？”

小希倒是识货，看了我一眼说：“投入蛮大的嘛。”

我诚恳地说：“还不是为了你。”

小希作娇羞状：“哎呀，人家好怕怕。”然后转过头去对水哥说：“水哥，你肯定不会告诉他的，对吧？”

我嘿嘿一笑，这丫头挺聪明，还会跟我唱双簧。

水哥胡乱地应着小希，眼睛却没离开那两瓶酒，“阿鬼啊，今晚整两瓶？有点多了吧？”

我点点头，“是有点多，要不这样吧。”一边把那瓶二十五年陈的酒拿起来，又收回到袋子里。

水哥眼神里的小火焰马上暗淡了下来。我心里大乐，笑嘻嘻地说：“我们喝这瓶十八年的好了，二十五年的留到从梅里雪山下来再说。”然后话音一转，“除非……你现在把背包的秘密告诉我。”

水哥皱起了眉头，“小姑娘们好奇也就算了，阿鬼啊，你都小三十的人了……”

我才不上当，哈哈一笑：“这你就不用管了，再说了，小希跟小明都在呢，这不是给她们谋福利吗？姑娘们，你们想要水哥讲故事吗？”

小明很配合地喊了一声：“想！”

小希继续激将：“水哥千万别说，憋死他。”然后又对小明说：

“小明你傻啊，要是水哥说了，今晚我们就要换房间睡啦。”

小明吐了下舌头，搂住水哥的左手，“换就换呗。”

三人算是把水哥逼到了墙角，不过我相信这几年肯定不止我们逼他，什么话都没用，还得看那两瓶威士忌。

水哥沉默良久，脸上表情变换了好多种，最后看了看小明，又看了看我们，沉声问：“你们真想知道？”

见我们纷纷点头，他还是没能下决心，“有些事情，还是不知道的好，我也是为了你们着想。”

我有点烦了，“到底讲不讲？你又不是干地下工作，别装宁死不屈了。”

水哥深深吸了一口气，沉默了三秒，终于破罐子破摔地说：“把二十五年那瓶拿上来！”

敌人终于屈服了，我喜笑颜开，正要拿酒时水哥摆摆手，“且慢，我先说好，这是一个很长的故事。我一边喝酒一边讲，喝到哪里，讲到哪里，没讲完的话不能怪我。”

虽然他有故弄玄虚、吊胃口的嫌疑，但这时我哪还顾得上那么多，赶忙答应道：“行！”

我把那瓶二十五年的麦卡伦打开，陈年单麦威士忌那复杂醇厚的香气马上飘了出来。然后我用火锅店里喝啤酒的玻璃杯，倒了满满两杯，递了一杯给水哥，“这杯就一千五啦。”

水哥接过玻璃杯，很陶醉地闻了一下，又一下子喝掉小半杯，终于鼓足勇气似的开口了：“这个背包的事情，还要从三年前公司的地下车库说起。”

接下来，就是水哥所讲的，关于地下车库的故事了。应该说，他讲故事还是很有水平的，一下子就把我们从喧闹的火锅店，拉到了灯光昏暗、空无一人，只有抽风机嗡嗡作响的地下车库里。

三年前，也是这样的一个秋天，那时候的水哥还在深圳一家巨型 IT 公司上班。这家公司有多大呢？如果把它的游戏业务拆分开来成立一个新公司，那么这个新公司会是全球最大的游戏公司。工作日的早上，如果你从这个公司的几幢写字楼旁路过，会发现无论用手机的 2G、3G、4G，都统统上不了网，因为带宽被在楼下早餐档前边排队边刷手机的员工们霸占完了。

水哥就职于苦逼的研发部门，当时是一个客户端游戏的主策划，也完美地认同着公司的加班文化，每天晚上九点下班算早的，十一点很正常，每周不加班到凌晨几次，都不好意思跟人打招呼。

出事的那个夜晚，水哥光荣地加班到了凌晨三点，几个程序员哥哥直接就在公司睡了。水哥当时和女友刚搬到一起住，为了表忠心，所以无论再晚他都要回去。

讲到这里，水哥特地提醒我们，那时候，他还是个身高一百七十五厘米、体重七十五公斤的标准帅哥。

水哥的办公室在十二楼，车停在负三层。在空荡荡的电梯里，他因为太困了，竟然站着打了个盹。听到叮咚的电梯门响时，他清醒了一点，揉着眼睛要往外走时，却发现有些不对劲——外面不是地下车库。

这栋大厦的电梯一向走得很快，这时候却还没有到达负三层，而是停在了地面，而且外面空无一人。如果这时候，水哥感觉到了一些异常，从地面走出去打车回家，那后来那些诡异的事情就不会发生了。

不过当时，谁能想到那么多呢。

水哥公司能停车的一共有四层，包括地面广场的十几个车位，然后就是负一、负二、负三层。根据上班时间的早晚，车位会根据离电梯口从近到远，层数从上往下的规律，被逐渐填满。

水哥今天，不，准确来讲应该是昨天中午一点才到的公司，自然只能停在负三层，并且是远离电梯口的位置。

出了负三层的电梯，水哥一边想着策划案，一边朝着记忆中停车的地方走去。昏暗的灯光下，中午来时满满的车库，现在稀稀拉拉只剩下几辆车，有些是还在加班的倒霉蛋，有些应该是因为出差把车停到公司的。

走了好一会儿，水哥终于到了停车的车位上，他的座驾确实是一辆墨绿色的 Mini Cooper“乡下佬”，车上放满了自己游戏的周边公仔。他掏出车钥匙，刚要打开车门，忽然倒退着走了几步，回到右边的车位上。

他明明记得中午来时，旁边停的是一辆崭新的、大红色的奥迪R8，但此时这个车位上却停着一辆破破烂烂，确切说来应该是已经报废的桑塔纳。

这辆灰色的桑塔纳布满了灰尘，四个轮胎都瘪掉了，轮毂锈得不能看，车窗早已消失不见，往里面看去，驾驶室的座椅坑坑洼洼，连海绵都露了出来。

像这样的一辆车，是不可能开得动的，而且看车位下面的地坪上车漆剥落的碎屑，这辆车应该在这里放了一两年了。

难道是自己记错了？不对呀，中午这里停的确实是一辆奥迪R8，当时心里还在想是公司哪个王八蛋又发了财，还盯着看了两眼，所以印象比较深刻。水哥围着桑塔纳转了两圈，也没能想明白是怎么回事。他又一想，就当记错了吧，晚上的地下车库空荡荡的，瘆得慌，光管吱吱呀呀，忽明忽暗，赶紧开车回家钻被窝吧。

就在这时，前面忽然响起砰砰砰的声音，像是有人在剧烈地踢打金属，然后是一个带着哭腔的女声响起："救我！快放我出去！"

水哥吓得差点尿裤子，环顾四周，然后发现那声音居然是从桑塔纳的车尾厢里传出来的。

"外面是不是有人？这里好黑，快救我出去！"声音继续响着。

水哥的汗都下来了，下意识地往后退了两步。这样一辆报废的桑塔纳，车尾厢里竟然关着一个人。他定了定神，犹豫着走了过去，像怕触电般轻轻敲了敲车尾厢，问了一句："你在里面？"

没有回应，水哥皱起了眉头，难道求救的人不在里面？或者干脆是因为自己加班晕了头，产生了幻听？

他举起右手，食指和中指刚要往车尾厢再敲，那个女声又一次响起："救我！"

声音清楚地从车尾厢里传来，水哥吞了口口水，继续问："你怎么会在里面？"

被困在车尾厢的女人没回答他，只是重复呼救："快救我，里面好黑……好闷！我快死了！"

水哥不再犹豫，赶紧双手抓着车尾厢的把手，用力往上掀，但这辆看起来出口气都会散架的报废车的车尾厢竟然纹丝不动。

水哥扎了个马步，使出他卧推九十公斤的力气，拼命往上拉，他甚至感觉整辆车的后部都离地了几毫米，可车尾厢的盖子还是牢牢扣在那里。

水哥退后两步，喘着气，又跑到桑塔纳前面，一把拉开了驾驶室的门——这个门倒是没有上锁。他钻进车里，想看看车钥匙有没有插在打火孔或者是藏在扶手箱、倒后镜的哪个地方。

就在自己翻箱倒柜的时候，车尾厢忽然恢复了安静。水哥心里焦急起来，那女人不会就这样闷死了吧？他把驾驶室翻了个底朝天，还趴在座椅下面，用手机照着各个缝隙，始终没找到车钥匙，反而被车里的灰尘呛得打了几个喷嚏。

他一无所获地从车里出来，大声喊道："有人吗？救命啊！"

空荡荡的车库里，响起了嗡嗡的回声，却一个人都没有。

水哥急得转了几圈，脑子里灵光一现——这种情况应该打电话报警啊！

他忙忙地按下1、1、0三个数字和通话键，然后急切地把手机贴到耳边，却又没听到一点声响——这里是深处地下、包裹着厚实水泥的负三层，手机根本没信号。

水哥愣了三秒，突然拔腿向电梯间狂奔而去，当下之计，只有上到地面去报警求救。幸好他身体不错，还偶尔去下健身房，要换成现在的话，这样一折腾说不定就突发心梗，倒在半路上了。

他跑到电梯间，什么都来不及看，狂按电梯按钮。电梯门竟然马上打开了，水哥刚要往里面冲，突然听到一声："您好。"

电梯里有人，水哥吓了一跳，再定睛一看，原来是物业公司的保安哥哥，穿着一身黑色的西装制服。

这个保安水哥见过几次，印象中他应该是叫小陈，是个退伍兵，二十岁左右，一米八几的个头儿，脸蛋还算清秀，板寸头，整个人看上去清爽利落。今天他估计是值夜班，负责巡楼吧，刚好巡到了负三层。

在经历了刚才的诡异遭遇后，此刻见到了个活人，水哥就跟敌占区的老百姓见到八路军一样，开心得说不出话来。

小陈看水哥这一副样子，赶忙贴近他，语调关切地问："先生怎么了？有贼吗？"

两人之间相隔只有一个拳头的距离，气氛莫名有些暧昧。水哥发现小陈看向自己的眼神也有一种说不出来的感觉，让他这个钢铁直男感觉有些不舒服。他默念着男男授受不亲，微不可察地跟小陈拉开了一些距离。但小陈的感官非常敏锐，他显然不想放过水哥，只要水哥稍稍一动，他就会立马贴过去。

对于小陈的举止，水哥觉得有点奇怪，但更让他疑惑不解的是，小陈的口音。水哥记得小陈明明是北方人，普通话很标准，怎么现在口音带着一股浓浓的闽南味？不过这时候也顾不上想那么多，他整理了下思绪，描述道："不，不是有贼，是那边的一辆车里锁着一个女人！"

小陈果然是受过专业培训的保安，处变不惊，"先生您不要着急，先带我过去看看。"

水哥连连摆手，"光过去看没用，得带些工具，工具……对了，能找到撬棍吗？”

小陈有点疑惑，“撬棍？工具房里有，要那个干吗？”

水哥紧张地道：“你别问，快去拿！”然后手指了指来的方向，“我在C区车位等你，赶快！”说着一边跑出电梯间，一边喊，“快点，慢了人就死了！”

水哥狂奔到那辆桑塔纳前，他这会儿又跑又喊，渴得要死，忙打开自己那辆Mini Cooper，从车尾厢拿了瓶矿泉水，狂灌一通才缓过来。然后他顾不上桑塔纳满车的黑灰，用力敲打着车尾厢的盖子，呼唤道：“喂，你还好吗？”

里面传来窸窸窣窣的声音，像是有人在扭动身体。水哥都能想象出来，漆黑一片的车尾厢里，一个女人手脚都被绑了起来，蜷曲在那里，奄奄一息。

水哥鼓励道：“坚持住！马上就有人来救你了！”这时候，他身后传来啪啪啪的脚步声，回头一看，是小陈正在快步跑过来，手上拿着一根红色的撬棍。

水哥朝他喊道：“快来，把这个车尾厢撬开，里面有一个女人！”

小陈听他这么一说，也丝毫不敢耽误，赶紧把撬棍弯曲的一头插进车尾厢盖和车身的缝隙里，利用杠杆原理，用身体的重量用力把另一头往下压。

水哥怕撬棍伤到里面的人，赶紧喊：“里面的人，身体往后挪一点！”

“咔嚓”一声，车尾厢盖明显动了一下，裂开一条缝，从这条缝隙里，传来女人急促的呼喊：“救我！”然后就是一阵砰砰的声音，车尾厢盖向上抖了几下，应该是那女人用脚在踹。

水哥松了口气，太好了，人还活着。

“别急，你别用力，我们马上就把你救出来！”

这车尾厢也不知道是锈住了，还是别的什么原因，比死人的嘴巴还要牢。小陈撬开了两指并拢那么粗的一条缝，却没有办法把它整个撬开。

水哥赶紧走上前去，双手也握住撬棍的一端，像拔河一样，跟小陈一起拼命往下压。

“一、二、三，一、二……三！”

砰的一声巨响，车尾厢像被触发了的捕兽夹，猛地向上翻开。水哥和小陈刹不住力，两个人踉跄向后滑倒，撬棍弹跳而起，在空中翻滚了几下，差点砸中小陈的脑袋。

两人顾不上狼狈，赶紧爬起来想救人。

小陈毕竟是退伍兵，身体素质比水哥这种“IT 狗”要强，一个箭步就蹿到车尾厢后，然后不知道看到什么，他就直愣愣地杵在了那里。

水哥从地上爬起来时，看见的就是小陈呆呆的样子，他赶紧几步跑了过去，手都要伸进车尾厢了，也像小陈一样愣在当地，浑身的汗毛都竖了起来，颈背一阵发凉——车尾厢里面空无一人。

真是见鬼了，如果不是小陈也目瞪口呆地站在旁边，水哥会认为今晚发生的一切全都是自己的幻觉，但从车尾厢里发出的求救，却是真真切切的事实，就跟小陈现在合不拢的嘴巴一样。

而车尾厢里空荡荡的，只堆放着一些杂乱的工具——警示牌、扳手、几根黑漆漆的橡皮管，这也是铁一样的事实。

两个无可置疑却又互相矛盾的事实，就这么接连出现了，一点都不顾及旁观者的感受。

还是小陈先回过神来，他大喊一声：“备胎仓，对，人一定在备胎仓里！”他弯下腰，把里面杂七杂八的东西都扔了出来，然后猛地掀开了下面的毯子。一阵灰尘飞舞过后，水哥不用过去看都知道，备胎仓里不可能容得下一个人。

不过，在同样锈得不像话的备胎轮毂上，却放着另一样东西——一张纸条。

纸条是对折起来的，白底蓝线，叠进去的那一面似乎写着字。桑塔纳上所有东西都是破烂不堪，又黑又脏，只有这张纸条上面一点灰尘都没有，像是刚刚从笔记本上撕下来的。

难道刚才发生的一切，是被杀的冤魂在作祟，而这张纸条就是要别人帮忙复仇的线索？

小陈拿起那张纸条，看了一眼，递给水哥问：“这上面写的是什么？”

难道当保安没有文化要求吗？现在还有不认识字的文盲？水哥腹诽着接过纸条一看，原来写的是两行英语，小陈看不懂也情有可原。

再一看，他觉得不对，纸条上写的是：

bu yao xiang xin bao an

ye bu yao xiang xin wo

Shirley

这两句话莫名其妙，没头没脑，但这不是重点，重点在于，这些字明显是个女人写的，字迹非常工整秀丽，不存在太潦草而认不出的可能，而只要接受过小学二年级教育，就不可能看不懂这些汉语拼音。

第一句是："不要相信保安。"

水哥不由得皱起眉头，身旁站着的这个小陈，在自己最需要的时候突然就出现了，口音变得跟以前完全不同，而且还不认识拼音。

难道说，他身上有什么问题？

小陈在旁边问："这上面写的什么呀？"

"没什么，"水哥把纸条叠好，塞进裤兜里，"你说，我们现在怎么办？要不要报警？"

小陈挠了挠头说："我叫几个同事来帮忙看看吧。"

他掏出对讲机，对着喂喂了几句，传来的却是几句杂音。他又把对讲机的喇叭朝下，用力地拍着背面，就好像对讲机里进了沙子一样，然后他再拿起来，还是收不到任何回应。

地下负三层的停车场，基站发出的信号无法穿透水泥层，所以手机不能用很正常，可是连对讲机的无线电波也受影响就有点奇怪了。水哥建议说："小陈，你是叫小陈对吧？要不我们先上到地面，那里信号好些。"他擦了擦额头的汗，"这下面待久了，缺氧，头好晕，得赶紧上去换换气。"

小陈点头同意，于是两人朝着电梯间走去，估计他也同样在心里消化刚才发生的诡异事件，所以低着头不说话。

水哥为了打破沉闷的气氛，随口问道：“小陈，你老家哪里的？”

小陈看了水哥一眼，“陕西。”

水哥奇怪地道：“陕西？我怎么记得你是河南的……也不对啊，怎么你说话会有港台腔？”

“港台腔？”小陈脸上的表情很奇怪，“没有啊，我哪里有。”

这时他们已经到了电梯间，小陈按下向上的按钮，水哥耸耸肩膀，“好吧，是我听错了吧。走，我们先上去。”

刚才小陈下来的时候，那一部电梯还停在负三层，所以电梯门一下就打开了。

两人走进电梯里，水哥按下了一楼的按钮，电梯门慢慢关上，把他们关在金属笼子里。本来就是半夜三更，万籁俱静，水哥和小陈又没话说，电梯里就静得有些可怕。

本来就加了一晚上的班，刚才又经过一顿折腾，水哥觉得一整天的疲倦全都涌了上来，整个人又累又困，眼睛不由自主地闭上了。

三秒钟之后，水哥觉得有点不对劲——这电梯似乎没有动？

正常来讲，电梯门一关上，人头顶的钢丝绳就会开始升降，会发出一些动静，如果你静下心来，也能从身体受到的重力影响感觉出电梯正在上升还是下降。

可此时水哥却没有这种感觉，他睁开眼睛，抬头一看，果然电梯门上的 LED 点阵显示屏上，亮着的数字还是“-3”。

“奇怪了，这电梯怎么不走呢？”水哥猛摁了一通一楼的按钮，见没有动静之后，又把一楼以上的其他楼层，胡乱按了一通。

可是，电梯还是一点动静都没。

“到底是怎么搞的？”水哥回过头来看看小陈，他也是一副迷惑的样子。

水哥赶紧去按开门键，幸好电梯门打开了，估计是这部电梯坏了吧。两人走出电梯后，想换一部电梯到楼上，但是没办法做到。因为只要一按下按钮，刚才那部电梯的门就打开了，另外的电梯根本不会下来。

试了几次之后，小陈建议说：“我们走楼梯上去吧？”

水哥想了想说：“算了，我还是开车上去吧，把你放在地面，然后我回家睡觉去。”

小陈说：“那今晚发生的事情……”

水哥耸了耸肩膀，“我看今晚就这样吧，这事也不要告诉别人了。要不然的话，报警也好，你跟队长汇报也好，别人都会当我们胡说八道，或者是在恶作剧。”

小陈挠了挠头，好像有点为难，“那好吧……不过我走楼梯上去就好，先生你开车回家要注意安全。”

水哥也没有坚持，于是跟小陈说了再见，就朝自己的车走去，直到上了他那辆绿色的 Mini Cooper，坐在舒服的座椅上，又闻到了熟悉的车用香水的柠檬味，紧张的心情才舒缓了一点——总算能回家睡觉了。

准备发动车时，水哥突然又想起，在楼上加班的时候，他还发了条短信给女友，告诉她自己二十分钟后能回到家，刚才这么一折腾，前后用了半个小时，希望女友睡得沉吧。

这么想着，水哥抬手看了看表，却发现他的手表显示的是三点十五分，难道是手表停了？没道理啊，这可是一块劳力士经典的“绿水鬼”，走时准确，而且他天天戴着，自动上链的，不可能会停。

水哥看了看中控台上的时间，跟手表只差了一分钟，再掏出手机，上面也显示着三点十五分。

难道自己刚才下楼时看错了时间？水哥翻出了刚才发给女友的那条短信，而发送时间赫然是三点零七分。

水哥脑子里轰的一声响，身上发冷，鸡皮疙瘩掉了一地。从三点零七分到三点十五分，八分钟的时间，只够他关掉电脑，收拾好东西，出发前上个厕所，再搭电梯从十二楼下到负三层。刚才发生了那么多事情，桑塔纳车尾厢的呼救，遇见小陈，跟他一起撬开车尾厢，然后又走回电梯间，这些事情按照常理来推断，起码要半个小时。作为当事人的水哥，个人的感觉就更加漫长了，就算一个小时他也不觉得奇怪。

可是，这一段时间在他的所有计时仪器上，却好像是凭空消失了，怎么会有这么无法理解的事情？

水哥心里又是一阵悚动，恐怖电影里有种剧情，就是人在横死之后，有可能会不知道自己已经死了，所以还流连在阳间。但渐渐地就会发生一些异状，来提醒他自己不过是个游魂。停滞了的时间，或许就是异状的一种。

难道说，刚才从十二楼下来的时候，自己坐的电梯已经急速坠落，自己其实已经摔死在电梯里了？

想到这里，水哥猛地摇了摇头，不可能，自己还真实地活着，这一点是毫无疑问的。有呼吸，会流汗，舔舔舌头，能感觉到口水在嘴巴里流动。如果人死之后，五官的感觉还能那么鲜活生动，跟活着毫无差别，那么死亡就根本不可怕了，当鬼可是个好玩的事情。

为了确认自己还活着，水哥深呼吸了一口气，捏了自己的脸一下。

疼！

我肯定还活着，水哥这样想。

那么，管他三七二十一，赶紧离开这个鬼地方吧。水哥挂下D挡，用力踩下油门，在两道车灯的引领下，听着轮胎摩擦地坪漆发出的难听声响，在昏暗寂静的地下车库穿行，向着出口的上坡车道冲去。

生活在一二线城市的小伙伴们都知道，由于地皮紧缺，所以现在的建筑物，无论是写字楼还是大型商场，地下停车场的层数越来越多。

地库的设计分为两种，一种是把出口和入口放在一起，但每一层的坡道都分隔开，也就是说从负三层上到负二层之后，要在负二层的车库里绕半圈，再进入坡道往负一层走。

还有另外一种是，在地面分开了停车场的入口和出口，一个地方只可以进，另一个地方只可以出。这样的话，每一层的坡道是连在一起的，形成一个单向上升或者单向下降的螺旋，车子就可以直接从地面到负三层，反之也是一样。

第二种设计，通常应用在大型商场的地下车库里。但水哥所在的这栋写字楼不知道为什么，却也采用了这种设计。

这种设计的好处是，不用在每一层的车库里再兜圈，坏处则是，绕着螺旋一圈圈往上或者往下的时候，不光开车的人头晕，坐车的人都会头晕，甚至有时候，在一圈圈向上爬坡的过程中，因为转的圈数太多，而且没有明显的分界线，漫长到让人崩溃，你会产生一种错觉：到底这条坡道是通往地面的出口，还是说……就这样无尽地绕下去了？

水哥把车开到了负三层的出口处，进入螺旋坡道，开始转着圈向上爬坡。他的 Mini Cooper 动力还行，所以爬起坡来并不吃力。

在爬坡时，他心里像放电影一样，把刚才发生的事情重播了一遍：要说起来，也是个不错的恐怖故事呢，讲给女友听一定能把她吓一跳，要是写出来的话，说不定还能改编个电影什么的。

这么胡思乱想着，他心里倒是轻松了点。车子爬过负二层的出口，然后又过了负一层的出口，再转一个圈，就可以到达地面了。在空气不流通的地库里待了那么久，上到地面之后，一定会有重回人世、重见天日的感觉。水哥提前把车窗按了下来，准备让地面的清新空气灌进车里和他的肺部。

但是，绕完这个圈后，迎接水哥的不是地面的收费岗亭，还是一层地库。水哥苦笑了一下，果然是今晚的事情让自己昏了头，加上归心似箭，所以数错了楼层吧，再往上走就是了。

水哥右脚用力一踩油门，Mini Cooper 猛地一蹿，加速了爬坡的进程。绕完了这最后的一个圈后，他终于来到了——又一层地下车库。

人类在进化的过程中，产生了一种机制，每当遇到危险的时候，肾上腺素和皮质醇会大量分泌，肌肉紧张，大脑高速运转，让他们去分析目前的情况，然后做出决定：fight or flight，就是“战斗或逃跑”。

所谓的“危险”包括很多种，比如说在晚上的街角，突然出现了穿着黑衣的瘦高男人，手里拿着一把刀子；又比如说，你开的车失控，眼睁睁看着它撞向前车；再比如说，你遇到根本无法解释、无法理解的事情，称为“灵异事件”。

水哥目前的情况应该就是第三种，他从负三层开始往上开，至少转了三个圈，无论如何都应该到达地面了。可是当他透过右边车窗，却看到这一层地库的出口，上面挂了一个蓝色的铁皮牌子，明明白白地写着：-2。

一个无尽上升的螺旋通道？这不可能。

Fight or flight？

水哥现在只想跳出 Mini Cooper，往安全的地方疯狂逃跑。可是，在推开车门的一刹那，他忍住了——起码现在还是在车里，有一层钢铁的壳子保护着，要是出了这辆车，在这黑漆漆的、无法理解的地下车库里，又能往哪里跑呢？

水哥把车门重新关好，又把车窗升了起来，然后靠在椅背上闭着眼睛，试图分析现在的情况，想出应对的策略。

“不管了！”水哥突然睁开眼睛，把挡再挂到 D 挡，然后把油门踩到底，Mini Cooper 轰鸣着往上冲去。

“我信了你的邪！”

车子在坡道上螺旋上升，从负二层绕了三百六十度，上去之后是负一层，这没有错。车子继续向上开，水哥这次注意到，在转了大半圈之后，原本应该露出地面的那个位置，被一片浓郁的黑暗笼罩着。

这团黑暗是那么深，那么密，像是一个实物，并具有一种膨胀扩张的感觉，有点像是……一个正在充气的黑色气球。不要说是坡道上的白炽灯，就连水哥打开了汽车的远光灯，都没法把它照射穿，就好像这一片区域不光是因为光线照不到而产生黑暗，而是一种人类的眼睛无法分辨的、不该存在于世界上的实体。

水哥在犹豫了半秒之后，狠下心来，一脚底板油冲了进去！然后，有那么一秒多钟的时间，他的眼睛完全看不到东西，而是迷失在一团黑暗里。这团黑暗从外面看很可怕，但置身其中，却没有了这种恐惧，反而感觉很安详。这种微妙的体验，有点像变成胎儿，回到了母体。

而从听觉上，除了发动机的轰鸣，还有一丝奇怪的声音。

丝竹之声？

还没来得及仔细分辨，车子急速下坠，水哥感受到了失重，屁股突然就离开了汽车坐垫。他“啊”的一声大叫，以为掉进了一个悬崖，右脚下意识地死死踩住刹车。

半秒之后，Mini Cooper 冲出了黑暗，在撞上坡道旁的墙壁之前，稳稳地停在水泥地面上。

水哥擦干额头上的汗，深呼吸了几次。终于，他心底仅存的一点希望，这时也消失殆尽。

没有一楼的地面，车窗的右边，是另一层地下车库的出口，挂着一个蓝色的铁皮牌子，上面写着：－3。

事到如今，水哥反而冷静下来了，他又深深地吸了几口气，坐直身子，把目前的情况分析了一下。从负一层的坡道上来，自己本来是应该到达地面的收费出口，但刚才那一团黑雾估计是因为什么无法理解的原因让空间产生了扭曲，连接到了原本负三层再往下还有半截的螺旋车道上。

也就是说，这么一条螺旋上升的坡道，从负三层到负二层，负二层到负一层，又从负一层连接到了负三层，是一个无穷无尽、没有出口的坡道。

或者可以这么理解，如果把一条长方形的纸条，在中间位置旋转扭曲一下，再向中间弯曲，把 A 面的一端和 B 面的一端粘起来，就形成了一个所谓的“莫比乌斯环”。如果放一只蚂蚁在这个无穷无尽的纸条上，它会在纸条上永远地爬下去，并且区分不出原来的 A 面和 B 面。

现在的这条螺旋坡道，也不知道被什么力量扭曲了，变成三层的、更复杂的莫比乌斯环，而水哥就像是那只蚂蚁，只能在这条无尽的坡道上，无尽地徘徊。

上面的说法，虽然听起来像是天方夜谭，但在目前的情况下，却是最合理的解释了。至于是什么力量造成了空间的扭曲，水哥现在没有能力分析，也不想去分析。他突然又想到，这一条原本是出口的坡道被扭曲了，那入口呢？

他心里燃起了一点希望，把刚才快撞到墙的车子倒了一下，开进负三层的车库里，向着另一边的入口坡道开去。

虽然这样走是逆行，但被困在这没有人、更没有出口的地下车库里，谁还在意这些细节呢。于是，水哥穿越了整个负三层，来到原本是入口的下降坡道，逆行开了上去。

一圈，负二层，再一圈，负一层。然后……眼前出现了跟出口的上升坡道一样的，浓密得仿佛实体的黑雾。

回想起刚才瞬间失重的感觉，水哥心有余悸，不敢贸然冲进去，谁知道这被扭曲的空间是不是稳定的，说不定这一次，真的就掉进悬崖了。他犹豫了一下，把车停在坡道上，挂了 P 挡和手刹，又打开了远光灯，准备下车观察下情况。

远光灯发出两条光柱，照亮了坡道，照亮了圆锥形的立体空间，可以看到灰尘在光柱里飘浮着，但光柱一到那团黑雾的边界，就好像被完完全全地吞噬了，连渣都不剩。里面似乎隐藏着一个吃人的妖怪。水哥站在那黑雾前，犹豫了一下，伸出手又缩回来，来回几次，终于狠心把手探进黑雾里。

没什么特别的感觉，静下心来，手背的皮肤和汗毛还能感受到空气的流动。他心里突然有个声音响起：“进去。再进去一点。”

第二章

走不出的地库

水哥刚迈动左脚，突然，右手被什么东西紧紧攥住！

“别！”

水哥吓出一身汗，回头一看，那人站在 Mini Cooper 的两条光柱间，身后灯光耀眼，脸因为背光，一片黑乎乎的，看不清楚五官。

再定睛一看，原来是小陈！水哥这才想起来，刚才电梯不动，小陈是说走楼梯去地面的，那他是下来救自己的，还是说楼梯那边也遇到了相同的情况，变成了永远也走不完的台阶？

小陈把水哥往后拖，“霍先生，不要往里面走，那里……很奇怪。”

水哥皱着眉头问：“你走进过里面？然后呢，也是到了负三层？”

小陈摇了摇头，“没有，我不敢往里面走。”他手上拿着一个红色物件，是刚才用来撬车尾厢的撬棍，“不过，我把这个用力往上扔，然后，听见负三层那里哐啷一声。”

水哥叹了口气，果然，这条下降坡道，和刚才自己冲过两次的上升坡道一样，空间也被扭曲了，变成头尾相连的无尽的莫比乌斯环。

他突然想起件事，忙问：“对了，那走楼梯呢？楼梯怎么样，能上去吗？”

小陈挠了挠头，“这个……你跟我来看看就知道了。”

水哥跟着小陈走了几步，才想起车子还没熄火，随身的小挎包也放在右座上。他本想回去拿，再想想这鬼地方反正也没第三个人，就这么先放着吧，自己还不知道什么时候能走出这个要命的地库，哪还有闲心去管什么挎包。

小陈带着水哥来到了电梯间，又转到旁边的一道小门那里，掏出安保的门禁卡刷了一下。两人一前一后进了门，感应的楼道灯亮了起来，里面就是普通的消防楼梯，往下是负二、负三层，往上则是通往一楼大堂的出口。

“跟我来。”小陈踏上楼梯，头也不回地往上走。

水哥跟在小陈身后，和其他楼梯一样，这个楼梯也是倾斜的Z字形构造，每一层都有方向相反的两截楼梯，中间则是一个短短的平台。在负一层通往一层的楼梯上，水哥心里估算了一下，中间的平台，水平位置应该略低于坡道的那团黑雾。

也就是说，如果楼梯和坡道一样，都出现了空间扭曲，那么站在平台上抬头看，就能看见同样的一团黑雾萦绕在楼梯间。

让他惊喜的是，当他走到平台的时候，从小陈的身旁往上看，楼梯中间并没有什么黑雾，而在尽头处，是两扇白色的消防门。

消防门并没有锁上，就算有，小陈也肯定带着钥匙。

水哥心头一阵狂喜，难道事情变得这么简单了，这样就可以逃出这个见鬼的车库了吗？他跟在小陈身后，一起走到了消防门前。

从理论上来说，他们的水平位置，已经脱离了地下车库，而置身于地面一层了，只要推开这道消防门，外面就是写字楼的大堂。

水哥想起了他的 Mini Cooper，车子没办法从楼梯开上来，不过管它呢，人先出去透透气再说。

小陈就这么站在消防门前，不知道在发什么呆，水哥也不去理他，径直走过去推消防门。

门推不动，水哥退后一步，仔细观察着门锁。他右手握着金属把手，顺时针旋转着，没错，锁是打开的，还能听到锁舌收缩的声音，但压着把手再把门往外推时，就没法推动门了。

难道外面的把手，被人用铁链锁起来了？但如果是那样，铁链的长度是有余地的，用力推两扇门，门会向外打开一点，会露出一条门缝，也能看见外面那条锁链。而现在这两扇门，不管水哥怎么用力推，都是纹丝不动，就好像门的另一边是被厚实的水泥封住了一样。

水哥用力踢了几下门，感觉就像踢在了石柱上，把他的脚震得生痛。

小陈抱着手站在旁边，一副事不关己的样子，水哥气不打一处来，“你倒是帮忙啊！”

小陈摇了摇头，“我都试过了，推，踢，撞。”他举起手里的撬棍，“连这个也用上了，都不行。”

水哥其实也能想到，如果那么容易就能冲出这道门的话，小陈早就出去了，也用不着再到坡道上去试。

他想了一下，掏出手机，屏幕的上方显示，还是没有一点信号，更令他心寒的是，手机上的时间还是三点十五分。

手机的电量不多了，水哥又没有车载的充电器，所以他想了一下，把电源关了。

小陈也掏出对讲机，摇了摇头，表示这个也用不了。

打不开的消防门、没有信号的手机和对讲机，说明他们现在所处的地方，绝不是简单的写字楼一楼，或许在他们从电梯下来的那一刻，就跌进了一个被扭曲的异度空间里。

水哥当然不可能死心，他双腿分开，气沉丹田，对着门缝大吼道："有！人！吗！"

喊了几句后，水哥把耳朵贴在门上，想听听外面有什么动静，但什么声音都没有。

几分钟后，水哥趴累了，正准备放弃，却好像听到了一阵若有若无的声响，似乎是一种乐器，像是笛子，又像是箫，仔细一听两种都不是。

这声音不知怎的有点耳熟，再一想，却原来是开车穿越坡道的黑雾时，听到的丝竹之声，水哥连忙招呼小陈："快，你来听听。"

小陈把撬棍扔到地上，贴着另一扇门听了两分钟，回过头说："什么都没有啊。"

"再等等。"

又过了几分钟，声音终于再次响起。不同于刚才延绵的管乐，现在却是清脆的金属敲击声，叮叮咚咚的。过了好一会儿，才又响起刚才像笛子又像箫的声音。

小陈听了一会儿，倒给出了答案：“编钟，还有……埙。”

水哥疑惑地问：“熏？什么熏？”

小陈给他解释说：“埙，我陕西老家那边的乐器，用土烧的，我妈说是从秦朝流传下来的。”

水哥脑海里也浮现出了编钟的样子，是一个架子上挂着很多青铜的钟，一个穿着古代衣服的人，站在旁边慢悠悠地敲。难道是自己一不小心掉进了时空缝隙，穿越到了秦朝？他想起了小说《寻秦记》，里面的项少龙被作者描写成西楚霸王项羽的爹。

自己姓霍，那会是秦朝什么了不起的人物呢？霍青？霍去病？都不对，难道是……霍金？

水哥正这么胡思乱想着，突然之间，编钟和埙的声音都停了，门的那一边，传来了人说话的声音，听起来是一个男人发出的，清亮而高亢，像是在台上感情饱满地朗诵诗歌，又像是在控诉着负心的恋人，可水哥却完全听不懂他说的是什么—— 因为他说的根本不是普通话。

这个人所说的方言，带着很多喉音，语调曲折又离奇，有点像公司福建同事讲的闽南话，又有点像是在泰国旅游时听到的泰国话，总而言之听不懂。

水哥皱着眉头，看了一眼小陈，他的脸正好在自己对面。水哥惊奇地发现，小陈脸上的表情，却随着那人说话的声音而变化着，一下五官缩成一团像是便秘，一下舒展开来，像是终于拉出了宿便。

难道说，小陈能听懂这奇怪的方言？水哥心里对小陈的怀疑一下子又涌现了出来。这个奇怪的小保安，自己印象中一直记得他是河南人，现在却一口的港台腔，还说自己老家在陕西，连拼音都看不懂，却能一下就分辨出编钟和埙这两种乐器。

水哥摸了摸自己的裤兜，刚才从车尾厢拿的纸条还在，上面写的第一句话是：不要相信保安。

难道说，这个娃娃脸的小保安身上有什么不可告人的阴谋?

这么想着，水哥更用力地把耳朵贴在门上，想要从那个声音里听懂三言两语。

可惜，他还是一个字都听不明白，但掌握了一个规律。这个方言里，许多字不是单音节，而是带着一串的喉音，但是从断句上分析，是每四个字为一句，有几句话，重复出现了两三遍。

编钟、埙、奇怪的方言、四字一句的诗歌朗诵……水哥的心中产生了一个大胆的想法，难道说，这个人不是在说一般的话，而是在念《诗经》？

想法是有了，但却没办法证实，水哥不由得又胡思乱想：如果现在能上网就好了，百度在手，天下我有，什么疑难杂症都能得到解决。

不过，此刻在水哥对面，就有一个能听懂的人。

门那边的声响都停了下来，有两三分钟没再响起。水哥试探着问：“小陈，刚才那人在说什么啊？”

“说……哦，我听不懂。”小陈的演技很差，他脸上的表情，已经完完全全把他出卖了。而且，从小陈的口音，也就是水哥一开始以为的“港台腔”里，有一点刚才门那边方言的味道。

这个小陈，一定能听懂刚才那些话！不过尽管明知道他是在装，水哥也没敢揭穿他，更不能逼他承认。就算徒手搏斗，他也不是人家退伍军人的对手，更何况小陈此时又拿起了那根红色的撬棍。

如果他早有预谋，有备而来，现在揭穿他，只会逼他痛下毒手。所以斗勇不行，那还是尝试下斗智吧。

目前最重要的，是不能让小陈知道，自己已经开始怀疑他了。被困在这无法逃脱的鬼地方，除了车尾厢的女鬼，门外的男鬼，唯一的活人又不知道是敌是友，斗争形势非常严峻，要做好长期抗战的准备。

水哥深吸了一口气，给自己定下了 KPI（关键绩效指标），这是做 IT 项目最头疼的东西，不过比起做游戏，这个 KPI 可简单多了：第一，活下来；第二，搞明白；第三，逃出去！

脑子里转个不停，水哥又感觉口渴起来。从电梯下车库到现在，计时器的时间虽然一秒都没过去，但生理感受上已经过了快两小时，刚才喝的矿泉水，现在估计都变成汗排走了。

“小陈，你口渴不？”水哥打算先稳住面前的小保安。

小陈点点头，“嗯。”

“我车上有水，我们过去拿吧。”

水哥头天刚加完油，当时福至心灵，买了箱怡宝蒸馏水。人没食物能撑个两三天，没水估计一天就挂了，这一箱水，现在可是救命的物资啊。

这么一想，他更觉得口渴了，又寻思着：先把水喝了，再开着车到处转转。有撬棍在手，看哪辆车上有吃的有喝的，能用上的东西，都敲破车窗搜集起来。至于以后逃出了这个鬼地方，会不会被抓进派出所，到时再说。

老实讲，水哥现在倒是很渴望进局子里去，起码局子里有警察，有犯人，都是活人。

人类是社交动物，最大的惩罚就是剥夺他跟人交往的权利，所以在监狱里，最严厉的处罚是关禁闭。而这里只有两个活人，还都是男人，实际上和关禁闭也差不多了。

水哥跟小陈下了楼梯，在车库里走了一会儿，回到刚才停车的坡道。这时候，他发现，刚才考虑了那么多，一点用都没有，因为他错误地估计了形势。

坡道上空荡荡的，没有光柱，也没有发动机的响声，那辆Mini Cooper 消失得无影无踪。

水哥又后悔得不行，早知道就把车熄火，拔掉钥匙。看来，车库里还有第三个人。

不过，望着面前的情形，小陈似乎很惊讶，“啊？车呢？”

水哥观察他脸上的表情，看起来，这次他倒不是在演戏。

小陈继续问：“车呢？被人开走了吗？”

水哥又好气又好笑，“你说呢？”

小陈脸上阴晴不定，“不对啊，今晚就一个。”

他低下头，又小声嘀咕了一句什么，这下水哥听清楚了——奇怪的声调，浓重的喉音，和刚才门外面那个男声用的是同一种方言！

水哥只觉得后背发凉，“今晚就一个”，是什么意思？应该是说，今晚只有他这一个受害者，没料到还有别人吧。

这个小陈，果然是敌人！

水哥在心里快速把新情况分析了一遍，想着要用怎样的策略来应付。看来之前想要和小陈好好相处，这样的想法太天真了。

想要活下来，就得把小陈弄死。水哥心里暗下决心，只要一有机会，就要出手把小陈解决掉。不一定打伤打残，起码要制伏他，绑起来或者关起来。

不过话虽这么讲，到时候，真的能下得了手吗？虽然水哥喜欢户外活动，又是军事爱好者，车上还放着一把小跳刀，但说到底，毕竟他也只是一个普通的上班族，要主动袭击人，还是需要一个心理转变的过程。

水哥瞟了瞟小陈手里的红色撬棍，赤手空拳，他都不占上风，小陈手里有这东西，他胜算更小。

不行，要找一件更强力的武器，或者想办法把这撬棍骗到手，水哥想了想，觉得嘴里越发干渴了。车被别人开走了，水自然也是没有了。他转念一想，就这么办吧。

他装模作样地对小陈说："看来，这地库里还有别人。"

小陈咬着嘴唇，点点头。

水哥继续分析："要不这样吧，我们先在这层逛逛，看哪些车里放着有用的东西，喝的、吃的、用的都先搜集起来。"他看着小陈手里的撬棍，"幸好咱还有这工具，不然都不知道怎么敲碎车玻璃。"

水哥的想法有两个。第一，先让小陈敲几个车窗，然后借口说怕他累了，就把撬棍拿过来自己敲，然后留在手里。第二，敲车窗会有声音，这车库虽然大，但回声大家都能听见。刚才小陈说“今晚就一个”，说明这人是在他意料之外的。从可能性上分析，这第三个人，应该也是小陈要祸害的对象。

敌人的敌人，就是自己的盟军。把这人吸引过来后，一起对付小陈，那就简单多了。

小陈继续点头，似乎一切都随水哥的，两人在坡道上看了几眼，没发现什么有用的，就朝地库里面走去了。

在入口的地方，稀稀落落停着四五辆车，小陈走上前去，把电筒打开往里面照，水哥站在旁边，打了个哈欠。他抬起手来，指针还是诡异地停留在3：15，又留神看了一下，秒针还是正常地在走，但是绕完一圈，再一圈，分针却丝毫没有动弹，仍然停留在原来的位置。

估计其他计时仪器，也是这样一个运作原理，只能记录一分钟内的时间，所以永远都维持在三点十五分左右。

虽然在这些机械、电子的东西上，时间凝滞住了，但在人这种生命体上，时间似乎还是在流逝的。按照他自己的感觉，从下地库到现在，应该过去了两小时左右，也就是已经过了凌晨五点。

有些人熬夜到了这个时候，反而精神了，但水哥却不是，这会儿他困得要死，只想找个地方躺下睡觉，却又不敢，要是真睡着了，说不定就再也醒不过来了，但这样硬熬下去也不是办法，人缺乏睡眠到了极限的程度，就会疯掉的。

水哥看着不远处一辆七座的商务车，突然有了个办法：用撬棍把后窗玻璃敲碎，然后自己爬进去，睡在中间那排座椅上，把门窗都锁紧。睡觉的时候自己警觉一点，如果小陈想要对他不利，从后窗爬进来的时候，自己应该能察觉到，就能及时作出反应。

就这么办。

此时的小陈还拿着个手电筒，往一辆 SUV（运动型多用途汽车）的后车厢里面照。

水哥走了过去，小陈转过头来对他说："霍先生，你看，里面有个矿泉水的箱子。"

水哥一直提防着他，怕贴在玻璃上看的时候，后脑挨一撬棍，所以他并不凑过去，只说："是吗？那你赶紧把玻璃敲碎，我渴死了。"

小陈倒是没有勉强，把手电筒交给水哥拿着，然后抡起撬棍，砰砰对后车窗玻璃来了几下。没想到，后车窗玻璃硬度很高，敲了几下竟然没什么反应，只是多了几个白点，看来这车的质量还挺好。

水哥建议："试试旁边的车窗吧。"

小陈点点头，绕到车子前面，摆足架势又来了一下。水哥在旁边看他的动作，感觉有点像古代的士兵在挥剑。

这一下，车窗玻璃没有辜负他们的期望，"哗啦"一下应声而破。这辆 SUV 不知道是没装防盗装置，还是放在这里太久没电了，竟然连车窗被敲碎了也没有报警。水哥有点失望，如果防盗装置响起来的话，刚才偷走 Mini Cooper 那人应该会过来看一眼。

他转念一想，这样也好，这辆 SUV 看上去也挺宽敞的，警报又不会一直叫唤，吵得人睡不着，就不管那辆商务车了，就在这辆SUV上先凑合睡会儿吧。

这么想着，他又打了个哈欠，感觉眼皮都快要黏到一起了。

小陈把车窗上的玻璃碎片清理完，探进手去，打开车门钻了进去，再把后车厢的门也打开。做这些事情的时候，他还随手拿着撬棍，似乎也是在防着水哥。

车上果然放着一箱矿泉水，还有几包苏打饼干、两包紫菜。东西看上去都有点旧，不知道放了多久，水哥看了下保质期，饼干已经过期了。

矿泉水一共有十一瓶，两人各自喝了一瓶。水哥提出，他困了想睡觉，小陈说他这个月都是值晚班，所以现在挺精神的，准备再到负二层、负三层巡逻一趟，看有什么能逃出去的线索。

水哥也不想戳穿他，说了声好就钻进车里。他横躺在后座的座椅上，头靠着车窗玻璃完好的那边，正在打算要不要把喝完的矿泉水瓶放在车门前的地上，这样有人走过来踩到了就会发出声响，但没等他考虑完，一阵汹涌的睡意袭来，他昏沉沉地就睡了过去。

半梦半醒间，他似乎又听到了编钟和埙的声音，还做了个梦。

梦里有个穿着白袍的女人，还有个宽袍广袖的男人，两人在一座宏大的宫殿里，执手说着什么。

水哥在梦里推门而进，走到他们面前。两个人同时转过脸来，水哥发现，他们脸上都没有五官。

这时候，他听见了一些声响，睁开眼睛，那一扇被敲碎的车窗上，赫然趴着一张脸。

水哥下意识地一脚蹬了出去，正中那张脸。

那人“哎哟”一声大叫，向后倒去，接着一阵脚步声传来，有个女声在喊：“你怎么了？”接着一个男人的声音响起，却是带着四川方言味道的普通话：“里面有人，他踢我！”

脚步声很杂乱，至少有两个人，加上刚才被水哥踢中的这个男人，对方起码有三个人！

还没等水哥坐起来，两道手电筒光照到他脸上，晃得他睁不开眼。然后是另一个女声响起，带着点惊喜：“Water，是你吗？”

水哥上班的这家上市公司，从大老板到前台，每个人都有一个英文 ID，同事之间以英文名互相称呼。水哥全名叫霍金水，ID 自然就是 Water Huo。

能叫自己 Water 的，一定是同事了。

“是我！别用手电筒照我！”

两道电筒光移走了，水哥朝车窗外看去，那里有两张妹子的脸。其中之一竟然是水哥工作室那个美术妹子，有名的大长腿——Lolita（洛丽塔）。

另一个妹子他不认识，但长得也挺好看的。

突然间，两个妹子被人左右推开，一个穿白色制服的人探进身来，要抓水哥的腿，嘴里喊着：“敢踢我脸，看我不打死你！”

Lolita 连忙阻止他说：“小王，住手，你快住手！这是我同事，自己人！”然后又转向另一个妹子，“快帮忙拉住他啊……Shirley（佘里）！”

“Shirley？是那个被困在车尾厢的女人吗？”

小明的提问，把我们从那个逃不出来的地库里，拉回到了现实中。我、水哥、小希、小明，四个人在离家几百公里的地方，一间不大不小的火锅店里。吃晚饭的人走了，吃夜宵的人又来了，店里依然是人声鼎沸，谁也没注意到在店的一角，有一桌吃了很久的客人。

我们桌上的肉、菜都已经清空，煮剩一半的汤还在锅里寂寞地翻滚着，却没人想到要把电磁炉关掉，因为每个人都沉浸在自己的思绪里。

算起来，我们吃着火锅，听着故事，也过去了两个多小时。

“这酒……不错。”水哥摇晃着空荡荡的威士忌酒瓶。一斤四两的酒，小希喝了小半杯，小明舔了一口就说太辣了，所以我和水哥每人都喝了六两多。

这种半醺的状态，对我来讲是最舒服的，看水哥脸上那心满意足的神情，他也是到境界了。

小希着急了，“水哥，你倒是接着说下去啊。”

水哥嘿嘿一笑，表情无比欠揍，“刚才说了，酒喝到哪儿，我就讲到哪儿，你们都同意的。”

我的胃口也被吊了起来，咬咬牙，把那瓶十八年陈的麦卡伦也放到桌上，“水哥，来，咱们接着喝，接着讲，把这瓶酒也喝光拉倒。”

水哥摇摇头，“不行，这不行。”

小明摇着他的左手，“水哥，男人可不能不行啊。”

小希把求助的眼神投向我，看来她也被故事吸引住了，忘记了听完就要和我同住一个房间这茬。

我早料到会是这个结果，心里本就有计划，于是打个响指，“服务员，埋单！”

等回酒店再说，我还有法宝在手，不怕这水胖子不招！

小明恋恋不舍，“啊？就这么回去吗？”

结了账，我们四人出了火锅店，往酒店的方向走。

小明还是不死心，路上一直晃着水哥的手，“水哥，水哥哥，把故事讲完好不好嘛？地库后来怎么样了？你是怎么出来的？”

水胖子又开始装傻，“底裤？什么底裤？我学周董，一直没穿的。”

我嘿嘿一笑：“小明，你和小希回去赶紧洗澡，半个小时后来我们房间。我保证！今晚就让水哥把故事讲完。”

小明瞪大了眼睛，“真的吗？”

小希撇嘴，不信任地看着我。

不过，回到酒店之后，她们还是照我说的做了，赶紧回房去洗澡。

水哥也把衣服拿了出来，准备进浴室，被我一把拉住了。我从行李箱里掏出一样东西，在他面前一晃，果然，这哥们儿眼睛又直了。

“好东西！来，我看看！”

水哥把衣服一扔，就要扑过来抢，我一下子就闪开了，然后把手里的东西高高举起，“水胖子，你很识货嘛，这个……有钱也难买啊。”

我手里的东西是一把烟斗，斗柄是石楠根，斗钵是海泡石，雕成了一个骑在橡木酒桶上的道士的模样。这道士是个大胖子，光着头，衣衫不整，一副喝了酒的陶醉样子。

这把烟斗是另一个朋友送的，应该有点来头，某个国外的什么大师手工制作，我自己不玩烟斗，所以也说不来，但这件东西，对于水哥来讲，却有着致命的吸引力。

他玩烟斗，但这是其次，最重要的是，那个花道士，雕得跟他本人一模一样！

刚拿到这把斗时，我简直怀疑这是不是按照水哥的样子来雕的。我不抽烟，而且这东西跟水哥那么有缘分，也早决定要送他了，不过一直没跟他说。

也幸好没说，现在就能当成一个筹码，拿来换水哥的下半个故事。

看水哥都快要急眼了，我才把烟斗交到他手里，还特意显得非常珍重，小心翼翼。

他拿着那烟斗又看又闻，表情里毫不掩饰的喜悦，我趁热打铁，“怎么样，想要不？”

“废话，”水哥头也不抬，继续爱抚着烟斗，“这么好的斗，你怎么搞到的？你看你看，看这胖道士，是照着我的样子雕的吧？”

我点点头，“我也觉得跟你很像啊，不过这斗好是好，也有个瑕疵。”

水哥皱起眉头，“哪里？”

“我指给你看，”我顺势就把烟斗拿了回来，马上塞回兜里。嘿嘿，水胖子那么喜欢这烟斗，万一他耍无赖不还，我还不敢抢，怕海泡石摔地上碎了。

水哥急了，“怎么就收起来了？你什么意思？烟斗瑕疵在哪儿？”

面对水哥的十万个为什么，我不慌不忙，“瑕疵嘛，就在于这烟斗是我的，不是你的。”

水哥憋得脸都红了，“你要这斗没用，你又不抽。”

我嘻嘻一笑：“是不抽啊，我拿来种棵葱也挺好看的。不过……”我话锋一转，“你要真喜欢的话，我送你也行。”

水哥学聪明了，“条件是……”

“你把故事讲完。”

“你真那么想知道？就算不说完，这一路到梅里雪山，小希肯定也逃不过你这禽兽的魔爪的。”

“你才禽兽呢，我可是正儿八经要和她交往，故事也要听，说不说吧，一句话。”

水哥低头沉思，一副犹豫的样子，“我不告诉你，也是为了你好。”

我挥了挥手，“别啰唆，不说拉倒。”

水哥坐到床沿上，低下头，似乎是思索着什么。良久，他抬起头来说：“你先把斗给我，我来把这地库的破事讲完。但我也有个条件，就是等一下无论我说到哪里……你都千万别坐我右边！”

水哥说这话的时候，眼睛瞪得浑圆，直勾勾地盯着我，好像我变成了一根超级无敌大烟斗。

我不由得吞了一口口水，说实在的，让一个男人这么认真地盯着，尤其这个人平常总是嬉皮笑脸——我还真有点心里发毛。

但随即，我把心一横，哥也是见过不少世面的，怎么能给这胖子一个故事就吓倒？再说了，既然坐在水哥右边是个忌讳，那我就打死也不坐他右边不就完了嘛，好奇心害死猫，但我还是有着猫那么浓的好奇心。

这么想着，我心里下了决定，手伸进兜里，把烟斗掏了出来，珍而重之地用双手递给水哥。

水哥看我那么小心，也被我感染了，伸出两只手接过，感觉是个什么了不得的交接仪式。

我对水哥点点头，“你先拿好，讲完了，就归你。”

水哥眼睛盯着手里的烟斗，深吸了一口气，“为了这斗，我豁出去了。”他又看向小希她们那间房的墙壁，“等她们洗完澡过来？”

我嘿嘿一笑：“等什么等，我们杀过去。”

我和水哥关好房门，跑到隔壁房间，按下门铃。

“来了来了。”

来开门的是小明，穿着一身家居服，还用毛巾在擦着湿漉漉的头发，“小希还在洗呢。”

我看向浴室的毛玻璃，浴帘挡住的地方，有个人影在不断晃动。

“小明，谁来了？”浴室里传来小希的声音。

小明很开心，“是水哥和鬼叔，他们来讲故事了。”

小希的声音有点嗔怪：“怎么把他们放进来了，我没带外衣进浴室呢。”

我走过去敲敲浴室玻璃，“不要紧，我给你送进去啊。”

“你去死啦。小明，帮我把床上的衣服拿进来。”

小希穿好衣服，从浴室里出来时，还给了我一个白眼。她眼睛很大，睫毛又长，我一直以为是靠眼妆和假睫毛，现在看她素颜的样子，才知道原来都是真货。

房间里的椅子不够坐，大家干脆都盘腿坐到了床上。水哥率先抢占了小明的床，右手靠着床头的方向坐下了，小明坐在他左边。我在另一张床上，和水哥相对而坐，小希则坐在我右边。

水哥把烟斗放进自己兜里，清了清嗓子。

我们三个人都把眼神投向他。

“咳咳，那个女人，叫作 Shirley 的女人……”

场景又从温暖明亮的酒店房间，回到了那个昏暗阴冷、怎么也走不出来的地下车库……

第三章

伙伴在侧

那个身穿白色制服、叫作小王的小伙子，半个身子已经探入车窗，抓住了水哥的双脚。

不过，让水哥感到慌乱的不是小王，既然他和同事 Lolita 是一伙的，就不会闹出多大的事，等会儿道个歉就完了，不打不相识嘛。

水哥害怕的，是另外一个妹子，刚才 Lolita 喊她 Shirley。他想起桑塔纳的车尾厢里，那个求救之后神秘消失的女人。她留下一张纸条：

bu yao xiang xin bao an

ye bu yao xiang xin wo

Shirley

这个活的 Shirley 跟那个车尾厢的 Shirley，是同一个人吗？还是仅仅是巧合而已？

纸条上第二句话是“也不要相信我”，不论车尾厢的 Shirley 写下这句话的时候用意何在，总之对这个活 Shirley 要加倍小心。

水哥在想这些的时候，车子外面一阵忙乱，小王终于被她们拖了出去，但他还在外面吵吵闹闹的：“干啥，你们拉住我干吗，我跟他无冤无仇，被踢了一脚！你们看我的脸！”

水哥整理好差点被脱下来的裤子，打开车门，走了出去。而小王看见水哥的块头，表情明显凝滞了一下，显然是觉得自己打不过水哥，有点害怕了。但他还是保持着往前冲的姿势，估计是享受这种逞英雄未遂、被两个美女拉住的快感吧。

在地库昏暗的灯光下，水哥打量着面前的三个……伙伴?

小王二十来岁，身高跟水哥差不多，额头上都是青春痘，他穿着一身白色的厨师制服，应该是公司食堂的师傅。

Lolita 还是那么好看，穿着一双黑丝袜，套一件深色短裙，个子本来就高挑，还穿一双厚底皮鞋，看上去比小王还高几厘米。

另一个妹子，这个活生生的 Shirley，脸长得也挺好看，没有 Lolita 那么高，但看上去更加丰满，感觉她不是用手拉着小王，而是用胸夹着他的手臂不放。

大概，这也是小王装成一副要冲上来的样子的原因。

不过，目前首先要做的是，化解这个小王的敌意，看他这四肢不发达、头脑更简单的样子，给他个台阶下就行了。

水哥双手抱拳作揖说：“对不起对不起，小王是吧，刚才我半梦半醒以为见到鬼，下意识就踢了过去。”然后又走了过去，假装盯着他的脸看，“没事啊，没什么事，还是那么帅。那个小王你别生气，等出去了，我请你吃饭。”

小王其实已经气消了，何况又打不过水哥。他自己也能想到，趴在窗口上偷偷摸摸地看，被踢了一脚也是活该，既然水哥给了台阶，他也就顺势下了，不再保持往前冲的姿势，不过嘴里还嘟囔道：“就是吃鲍鱼啊！也要能出去再说……”

水哥不理他，看了看 Lolita 说：“Lolita，你们……也被困在这里了是吗？”

Lolita 点点头，“我加班到三点，来到地库之后，就发现出不去了，还好遇上了 Shirley 和小王哥。忘了介绍，这个是 Water 哥，我们工作室的策划老大；这个是 Shirley，市场部美女同事；这是小王哥，公司食堂的大厨，来地库收食材，准备早餐的。小王哥，你跟 Water 哥握个手，不打不相识。”

水哥心想，自己的判断果然没错。他伸出手跟小王握在一起，眼睛却朝 Shirley 看去。

Shirley 点点头，向水哥介绍道：“我跟 Lolita 一样，也是加班下来，结果发现出不去，到现在已经两个多小时了。”她叹了一口气，“还想着明天，不对，现在是凌晨了，那今天是周六，一觉醒来我可以去看电影了呢。”

“周六？”

水哥和 Lolita 异口同声地问，小王也接着说：“佘里，你记错了吧，今天才周四呀，轮到我值班。”

水哥皱眉说：“周四？现在明明是周五，早上九点要发一个新的活动版本，我才会加班到凌晨。”他摇摇头，望向 Lolita，“说吧，你又记得今天是星期几？”

Lolita看了一眼水哥说：“我跟你一样，也是周五凌晨三点多。对了，你们看我的手机显示……”她从身后的棕色皮包里摸索出自己的手机，果然上面显示的是星期五。

然后她又说：“怎么回事，我下来那么久了，现在还没到三点半？”

水哥瞟了一眼，她手机上显示的时间，是三点十一分。

看来，他们还没有发现在这个诡异的地库里，计时仪器会停止走动。

水哥摆摆手，“Lolita，你先别管这个。Shirley、小王哥，你们也把手机拿出来，对一下日期。”

两人也分别掏出手机，果然大家都没有记错，Shirley显示的是周六凌晨三点零八分，小王的是周四的三点二十二分。

Shirley一脸害怕的表情，抓住Lolita的手，“这是怎么回事？”

小王是周四凌晨来到这个地库的，水哥突然记起，昨天白天的时候听两个秘书妹子神秘兮兮地在聊天，说是有一个厨师失踪了，没到二十四小时派出所不给报案。

不知道外面时间流逝的规则是怎样的，是不是现在地库里这几个人，都变成了失踪人口？

水哥理了下思绪，深吸了一口气说：“你们听我讲，刚才我就发现了，自从下到地库以后，手表、手机，所有机械的、电子的计时仪器都停止不动了，在同一分钟内无限循环。”

小王看起来不是很懂，“啥意思？”

水哥没理他，继续说：“现在，我们又知道了，大家来到这个地库的日期是不一致的。我大概分析一下，目前的状况是……”他又深吸了一口气，“我们身处的这个地库，不是原来的地库，而是一个异度空间。而我们之所以会掉进这里，和日期无关，只有一个关键点，一个共同的筛选条件，就是在凌晨三点到三点半这段时间搭电梯来到了地库。”

水哥看了 Lolita 一眼，继续分析道：“也就是说，我和 Lolita 在这里，遇见了昨天的小王，又遇见了明天的 Shirley。对我跟 Lolita 来讲，你们都穿越了，一个到了未来，一个回到了过去。”他摊开了手，“现在，我们都卡在这个时间的缝隙里，出不去了。”

小王完全没弄明白这个逻辑，他的关注点在别的地方，继续操着一口“四川普通话”说：“啥子穿越哦？回到明朝当王爷吗嗦？哎呀你说为啥子我们从电梯里下来就再也上不去了，是不是鬼打墙？小时候我听我嘎嘎，就是我外婆说过啊，人在山里砍柴有时就会遇见鬼打墙……”

Shirley 应该是听懂了，皱着眉头问道：“Water 哥，你的意思是说，我其实跟 Lolita 也只进来了两个小时，但是，事实上是昨天就进来了？”

水哥点点头，“如果我的分析是正确的话，对于你来讲，确实是这样。这件事情的严重性在于……”他想起来都害怕，自己倒吸了一口冷气，竟然说不下去了。

Lolita 果然是个有逻辑的妹子，她抓住了问题的所在，替水哥分析道：“这样的话，如果我们出了这个地库，又会回到哪一天呢？如果是回到了各自的时间，我和 Water 哥肯定会去提醒明天的你，让你不要在三点钟下来电梯，这样的话……”

水哥赞赏地看了 Lolita 一眼，接过话头说：“这样的话，Shirley 你就不会在这地库里面了。所以，如果按照逻辑分析的话，有三种可能。第一种可能，我们出去之后，回到了同一个日期。第二种可能，我们在出去之前达成默契，小王不来提醒我跟 Lolita，我跟 Lolita 也不去提醒你，好达成我们都在凌晨三点多进这个地库的条件。”

这两个可能性，都存在牵强的地方，而第三种可能性，则是概率最大，但大家最不愿意面对的情况，而且现在说出来很残酷。

水哥痛苦地抓了抓头发，还是说道：“第三种可能性就是，小王、Shirley、Lolita、我，我们所有人……永远都不能从地库里出去。”

这下子小王可听懂了，激动地喊了起来：“啥子？你说啥子？我们永远都出不去了？”

Lolita 轻轻地捏了一下水哥，然后对小王说：“Water 哥在吓唬你们呢，对吧，Water 哥？”

水哥看了 Lolita 一眼，看来这个美术妹子不但颜值高、智商高，连情商都要比自己高一截。确实，在这样的情况下，宣判所有人死刑，造成恐慌，绝对不是什么明智的选择。人在极端条件下，就容易做出不理智的事情，谁都不知道一个绝望的人会做出什么疯狂的举动。

水哥干笑了一声，声音连自己都觉得假，“哈哈，小王哥你别激动，我只是开开玩笑。活人怎么能被尿憋死，群众的力量是无穷的，凭我们四个人的聪明才智，从这地库里出去太简单了，你还是想想，出去之后我请你吃什么大餐吧。”

Shirley 也附和道：“对，Water 哥说得对，我们一起想办法，肯定能出去的。出去之后回到什么日期，我才不管呢，到时再说呗。”

水哥点点头，突然想起了什么，“对了，你们把我的车开走了吧？开到哪里了？”

三人互相看了一下，小王说：“什么车？我们没有啊。”

水哥带他们几个来到自己之前停车的地方，有些讪讪地说：“小王哥，刚才踢了你是我不对，可是都跟你道歉啦，就别逗我了呗。我的车就停在这里，转了一圈回来就不见了，这地库里又没别人，不是你们开跑了还有谁。”

小王有点生气地回道：“你这个人咋个回事？没有就是没有，我还骗你吗？我是这样的人吗？”

Lolita 帮小王解释道：“Water 哥，你开的是一辆绿色的 Mini Cooper 吧？小王没有骗你，我们确实没看见啊。”

Shirley 在一边点头，“对啊对啊，我和 Lolita 的车都在，偷你的车干吗？”

这下水哥有点急了，“你们没看见？那我的车哪里去了，难道这地库里还有别人？”

“我知道你的车在哪儿。”突然之间，另一个声音从小王他们背后传来。

大家都吓了一跳，小王回头就嚷：“你谁啊？”

Shirley 把手电筒往那人脸上照去，见那人伸手挡着脸，水哥从那身制服，还有另一只手上鲜红的撬棍认出来 —— 保安小陈！

Lolita 也认识他，忙按住 Shirley 的手，“自己人，这个是我们的保安，叫……小陈，对吧？”

Shirley 把电筒移开，开心地说：“太好了，我们又多了个同伴，保安哥哥肯定很熟悉这里的情况，你肯定有办法的，快带我们出去吧。”

水哥心说好个鬼，你和小陈都奇奇怪怪的，敌友难分，说不定就是你们勾结起来，给我们三个人挖坑。

小陈放下手，点点头说：“对，我是小陈。看见你们太好了。我刚才还以为……”他说到这里停了下来，“霍先生，我看见你的车了，在负三层。不过……”

水哥刚刚有点开心，又被小陈这个“不过”弄得紧张起来。毕竟是开了两三年的车，还是很有感情的，便着急地问：“不过怎样？你倒是说啊。”

小陈挠着头说：“有点像那辆桑……这样，你们跟我来吧，看看就知道了。”

除了小王，其他几个人点点头，表示愿意跟小陈下去看看。

小王站在坡道上，指着连接地库入口的那团浓重的黑雾，很得意地对水哥说：“嘿嘿，你们不知道吧，这里面有个大秘密哦。”

两个妹子看着那团望不透的黑暗，表情既害怕又好奇。

水哥以为小王要说的是，负三层和负一层是相连的，所以根本没心思了解。后来，他为此感到深深的后悔，如果在这个时候能听小王好好说，就能早点找到逃出地库的线索，也不会付出惨痛的、无法弥补的代价。

小陈好像要隐藏什么似的，急忙催促道：“水哥走吧，我带你去找车。”

水哥没搭理小王，跟着小陈向负三层车库里面走去。

小王的话没人接，不由得发了句牢骚：“啥子嘛。”

Lolita 安慰道：“没事，我们先跟小陈进去看看，等会儿你再说。”

于是在小陈的带领下，几人一起通过坡道，向负三层走去。

路上，大家互相介绍了自己。水哥、Lolita、Shirley 是公司同事，小陈是物业公司的保安，小王是食堂承包方的厨师。

当然，这只是大家表面上的身份。这样的五个人，本来都有自己的生活轨道，不会发生太多的交集，但在这样一个时空之间的缝隙，一个不知道怎样才能逃出去的地库里，五个人的命运高度地交织在一起，共同走向一个不可知的结果。

水哥甚至想，可惜这边没有阳光，也没有种子，不能耕种，不然的话，三男两女五个人可以在这里繁衍生息，也是一个世外桃源呢。

好吧，这大概是地球上环境最恶劣的世外桃源了—— 他随即又恶趣味地想。

说话间，一群人走下了螺旋的坡道，走到负三层停车场，跟着小陈来到了一个车位上，那是水哥熟悉的车位。原本在“昨天”中午，水哥就是把他开了两三年的墨绿色 Mini Cooper 停在这里的。

在三个多小时前，他在 Mini Cooper 旁边的车位，发现一辆报废的桑塔纳，车尾厢里传来女人的呼救，打开的时候却空无一人。

而眼前的情况，让他不由得倒抽一口冷气——在相邻的两个车位上，停着一辆残破的桑塔纳，还有另一辆，也是同样残破不堪的墨绿色 Mini Cooper。

这辆 Mini Cooper 和旁边的桑塔纳一样，都处于快要报废的状况，车身上盖满了灰尘，四个轮胎全部瘪掉，漆皮翘起，许多钢部件都已经生锈。

水哥退后两步，看了看那个蓝漆都快掉光、锈得不像话的车牌，号码确实是自己的那个。他又蒙了，自己就睡了一会儿觉，再跟新朋友聊个天的工夫，爱车怎么成了这副模样。

Lolita 也觉得很奇怪，“水哥，这是你的车吧？怎么变成这样了？”

Shirley 在一旁说：“对啊，这车起码放了有两三年了。”

小陈抱着双手站在车前，小王绕着车子乱转，又趴在残破的车窗上往里面看。这家伙看来缺乏学习能力，不会吸取教训，如果里面还有人在睡觉，估计又要挨上一脚。

当然了，会在这样残破肮脏的车上睡觉的，估计只有死人。

水哥脑海里在急速地分析，试图结合目前得到的信息，得出一个合理的结论。他明明记得，自己是把好端端的车停在负一层停车场出口的坡道上，没有熄火，没有拔钥匙，然后他跟着小陈，从楼梯走到了理论上是地面一层的消防门后，听到了一个男人用奇怪的方言作诗朗诵，还有编钟和埙的乐曲声。

然后，等他们回到坡道，那辆 Mini Cooper 就不见了。再然后，当它再次出现时，就像一个十八岁的青年快速衰老到了八十岁，变成了眼前的鬼样子。

水哥脑中灵光一闪，难道说，是自己和小陈在不知不觉间，又穿越到了另一个空间，现在他们身处的地下车库，虽然看起来跟之前的一模一样，但其实是另外一个，在这一个空间里，因为某种原因，水哥从来没有搭电梯来地库，所以这辆 Mini Cooper 一直摆在车位上，变成了这个报废的模样。

水哥觉得自己很接近真相了，突然之间，小王大叫一声："你们看，这是啥子东西！"

水哥吓了一跳，想起了桑塔纳车尾厢里的呼救！不会是这辆 mini copper 的后厢里也藏着一个女人或者一具女尸吧？

小王这么一喊，大家纷纷围了过去，Lolita、Shirley、小陈一人一把手电筒，从后座车窗还有后挡风玻璃分别往里面照个不停。

Shirley 好像觉得很好玩的样子，"哎呀，这是什么呀？大石头？"

水哥也赶紧挤到 Shirley 和 Lolita 中间，朝车里面看去。只见在 Mini Cooper 后厢的位置，除了水哥印象中的矿泉水纸箱，一些杂物，占据主要空间的是一大截灰黄色的水泥柱子，有半人高。

仔细看的话，上面还有棋盘一样的方格，均匀分布在水泥柱上。

这是个啥玩意儿？水哥心想，他可从来没把这样的东西搬上车啊。

"弄出来看看。"小陈在一旁说。

这辆 Mini Cooper 的后厢门不是掀背式的，而是像衣柜一样左右打开。这次倒没用上撬棍，水哥随便在把手上一掰，车门就“咿呀”一声打开了。

三个男人上半身探入后车厢，两个女的用电筒往里面照，这才发现里面除了一根大的水泥柱，还有另外一些小的、散乱的块状水泥，仔细摸的话，质地还不是水泥，而像是什么黏土烧制而成，应该是有些年头了。

“你们看这是啥子！”小王手里拿着个什么东西，兴奋地大喊着。

水哥看过去，那竟然是一只人的右手，手指头残缺得只剩下三根。当然了，是黏土烧成的人手。

小陈摸着那水泥柱上的“棋盘格”，小声说：“这是个兵马俑啊。”

“兵马俑？”水哥不由得皱起了眉头，自己的车上怎么会有兵马俑？这玩意跟编钟啊，埙啊什么的，好像都是秦朝时期的产品，难道说，这三者之间有什么联系？

Lolita 在后面站着看不清楚，建议道：“Water 哥，你们看看能抬得动吗？抬下车来大家一起研究。”

小王很兴奋地说：“这东西我见过，我知道哪里有！”

水哥白了他一眼，兵马俑谁没见过，小学生都知道在陕西临潼的坑里有，还用得着他说。后来水哥才知道，小王这时所说的“见过”，跟坡道尽头的“秘密”一样，都不是水哥所理解的那个意思，为了这两次后知后觉，他付出了极大的代价。

小陈终于舍得把撬棍放下，搓了搓手，对水哥和小王说：“来，我们试试。”

于是，小陈在右，水哥居中，小王在左，用手抬起“水泥柱”，也就是疑似兵马俑的躯干部分，一起用力，稳稳地把它抬出了后车厢，然后弯腰放到了地上。

五个人围着这截东西左看右看，正如小陈所说，这确实是个兵马俑，不过不知道是秦朝的正品还是后世的山寨版。

可惜国宝不能买卖，不然要是能顺利把这个带出地库，那可就发财了。

水哥摇摇头，自己有点想太多了。

Shirley 建议说：“好奇怪，怎么会有这个……对了，你们看，车里还有些手啊脚啊，要不，我们一起把它拼起来吧？”

大家都觉得这是个好主意，于是纷纷搜集车上的残肢，在地上拼出了个大概的人形。一个标准的兵马俑像，逐渐躺在了眼前的地上——除了怎么也找不到的头。

拼好之后，大家正围着这兵马俑研究，实在想不出这玩意出现在现代写字楼的地库里，到底代表着什么。气氛一时有些沉闷，Lolita 开玩笑说：“哎呀，你们看，这个兵马俑的身材，跟 Water 哥一模一样。”

水哥嘴一咧，“Lolita，别说笑。”

Shirley 抬头看了下水哥，又低头看兵马俑，“咦，还别说，真的很像嘛。”

小王也在一边大笑：“哈哈哈好好笑哟，不会是照着你做的吧？可惜头不见了哟。”

被他们这么一说，水哥认真打量起地上的兵马俑，确实从身高、胖瘦，到肩膀的宽窄、腿长的比例、手臂粗细，跟健身的时候镜子里自己的身材一模一样。

关于兵马俑，水哥也曾经了解过一些。他依稀记得，在陕西临潼出土的兵马俑，每一个的样貌都是不同的。有外国科学家分析了一批兵马俑的耳朵轮廓，得出结论，每一个兵马俑都是按照秦朝士兵的真人复制而成。

不过也有人质疑，说兵马俑身高都在一百七十五厘米到一百八十五厘米之间，而古代农业不发达，饮食跟不上，秦朝人的身材不可能这么高大，所以兵马俑是放大了当时士兵的身材，塑造成他们理想中的高大魁梧的样子。

不过，根据大量出土的秦汉时期的尸骸、骨骼分析，当时的古人确实普遍身材高大。曹操的身高，换算成现代单位，大概是一百六十五厘米，跟当时的普遍身高对比，他觉得自己太矮，所以才会羞于见人。

也有人问，为什么古人的身材那么高大，到了物质丰富的现代，反而差别不大甚至变矮了？

有理论认为，秦汉时期的中国，崇尚武力，身材高大、能打仗的人很受欢迎，也是个优势基因，所以在结婚生子上都有优势，更容易遗传下来。而后来外族入侵，把高大、体壮、容易造成威胁的男人都杀了，身材矮小反而变成了优势基因，所以才越变越矮。当然这种说法不一定有依据，但现代人身高确实是不怎么好看的数据。

总之，眼前地上的这一具兵马俑，如果真的和水哥身材差不多，也就是一百七十五厘米，在众多兵马俑之中，是接近了身高下限的，概率比较小。

怎么就那么巧呢？兵马俑本来就是稀罕的东西，这么高的兵马俑更是少见，却刚好出现在了这个诡异的地库，并且放在水哥消失了一两个小时就突然变得破旧的 Mini Cooper 上？

“Water 哥，要不然你躺下来，比一比看看嘛。”

Shirley 发嗲的声音，打断了水哥的思考。她走到水哥身边，脸离得还很远，但胸已经跟水哥的手碰在一起了。

Shirley 不知道出于什么目的，似乎很想要水哥躺下去，继续撒娇说：“Water 哥你就试试嘛，会不会真的是照着你的样子来做的呀？”

只要是正常男人，都很难抵挡这样大胸妹子的发嗲攻势。反正被困在这个鸟不拉屎的地库里，也没什么事情做，那就当消磨下时间吧。

水哥说：“好吧，那我就给人民群众提供点娱乐。来来，你们让让。”

大家听他这么说，都往外走了两步，让出一个空地来。

水哥蹲下去，在兵马俑左边的空地上，随便拍了拍土，就躺了下去。

小王哈哈大笑：“躺下去点，下去，喔上一点，好了。”

Shirley 嗲嗲地说：“真的一模一样吔。”

Lolita 在一边点头，小陈抱着手，什么也没说，脸上的表情很耐人寻味……好像，快哭起来了。

水哥躺在地板上，先看看自己的脚，又把头向右转，盯着右边的那个兵马俑。确实，从脚底到肩膀，这兵马俑做得跟自己一模一样。可惜没有了头，不然就能证实，这个俑是不是照着自己做的了。

这么想着，水哥突然觉得好困，眼睛不知道怎么就要闭上，四张俯视着他的脸，像摄像镜头拉长般，正在快速地远离。他们所说的话，叽叽喳喳的，也变成了催眠曲，似乎在诱导他睡过去。

他手撑着地板，脖子也往上用力，努力想要坐起来，突然咚的一声，头往后一仰就睡了下去。等他睁开眼睛的时候，发现自己正跪在地上，地板却不是地库里的绿色地坪漆，而是一张黄色的草席。

第四章

第一次穿越

水哥一直低着头，看着膝盖下的草席，还有不远处一双纹路复杂、装饰精细的黑色靴子。他双手抱拳放在额头前，像是在给面前这人请罪。

水哥感觉很难受，视觉、听觉、触觉这些信息输入的器官，感受非常真切，处理信息的脑袋，也很清晰。但是那些输出信息的部位，比如手脚却不听指挥，一直维持着跪倒的姿势，嘴巴也根本说不出话。

这种感觉，就好像以跪姿体验更加真实的鬼压床。眼前的人正在走来走去，非常焦急的样子，随着他的走动，烛光一阵摇曳。

突然间，水哥身后传来了推门声，他很想看看是谁，却没办法回头。眼前的那双黑靴子，从水哥身边走过，往门口的方向走去。黑靴子似乎很心急，但是却步伐踉跄，走不太快的样子。

然后，一个有点耳熟的声音响起，说的仍然是水哥听不懂的鸟语。这时候，水哥的脖子终于扭动起来，向右向后转去，却不是他自己的意识所驱使，而是像被人硬生生地掰过去。

然后，他才发现跪在草席上的，不光是自己，在他右后方跪着一个甲士，穿着兵马俑一样的铠甲，在甲士后面，竟然还有一个穿着红色华服的女子。

这两个人的脸，渐渐清晰了起来——是小陈和 Shirley。

水哥心头大惊，刚想好好辨认，突然之间丝竹声大作，编钟、埙，还有女人歌唱的声音都给压了下去。

他的眼睛止不住地又闭上了，耳边却传来了妹子焦急的叫喊声："Water 哥，你醒醒啊，Water 哥！"

水哥闭着眼睛，吞了一口口水，然后重新睁开眼睛。

Lolita 正跪在地上，抓着他的手，"Water 哥，你怎么样了？"

没了头的兵马俑，还是躺在他右边，小陈和 Shirley 站在他脚下的位置。

小王也跪在地上，正按着水哥的胸口，一上一下有规律地起伏，嘴巴里念念有词："公司消防演习，我培训过的，这是心……心啥子复苏。"

但是，他按的却是水哥右边的胸口。

水哥把小王的手扒开，说："行了行了，我没事。"他撑着地板坐了起来，右手扶着额头问："我刚才怎么了？"

Lolita 紧张地看着水哥，说："Water 哥，你躺在地上，突然就睡过去了，怎么叫也叫不醒。"

小王补充道："嘴巴里还喊着啥子，我们都听不懂。"

水哥皱起眉头，"我说了什么吗？"

Shirley 嗲嗲地说：“是哦，你好像是在喊谁的名字，哎呀，到底梦见了什么嘛？”

水哥张张嘴，想把那个诡异的梦境说出来。梦里的一切细节，都还历历在目，连草席的纹理都还记得。他甚至觉得，刚才那个宫殿里的梦才是现实，而眼前这个昏昏沉沉的地库，其实是一场醒不来的梦。

他突然想起，刚才梦里的甲士和女子长得跟小陈、Shirley 一模一样，这里面必有蹊跷，想想又摇了摇头，算了，还是先别说。

水哥定了定神，深吸一口气说：“没事，可能是太困了吧，突然就睡过去了。”他摸着自己的肚子，“好吧，也可能是饿昏了。”

按照水哥的习惯，通宵加班后，会回家洗个澡，再煮个泡面吃完，这才心满意足地上床睡觉。从下地库到现在，生理感觉上起码过了三四个小时，他只喝了点水，啥都没吃，饿得胃都要开始消化自己了。

“你饿呀，早说嘛。”

Shirley 解下背包，在里面摸索了一会儿，掏出一个塑料袋包装的面包，就是便利店里卖的那种。

水哥接过面包，粗暴地撕开包装，几口吞完，差点噎到了。

他捶捶胸口，“有水吗？”

“有呀。”Shirley 就像动画片里的机器猫，又从百宝袋里掏出一瓶矿泉水。

水哥不明白了，“你怎么上班还随身带干粮？”

Lolita 帮她解释道：“不是 Shirley 姐带的啦，是楼上的送货区里，有一辆便利店补货的车子，上面有各种吃的。”

小王接着说：“我的车子也停那里的嘛，啥子材料都有，就是没有厨具，煮不成东西。”

水哥不由得一阵庆幸，在这不见天日的地下室里，不知道要待多久才能逃出去，有这两辆车的物资补充，五个人生活一星期总没问题。

他站起身来，看了眼自己那破破烂烂的 Mini Cooper，突然想到一件事，忙说：“我们赶快上去检查下吧，万一那两辆车也跟我这个一样，那可就糟了。”

很久没说话的小陈也附和道：“对，万一车库里还有别人，把食物都抢走了也很糟糕。”

另外的人听他们这么说，也着急了起来，于是纷纷朝着楼梯的方向跑去。

五个人跑到负一楼的送货区停车位，还好，两辆车都在。

小王他们开来给食堂送货的，是一辆 2.8 吨的小型冷藏车。小王说，他和司机两个人拿小推车轮流搬货，司机坐货梯上去了，可他没能再上去。

而给便利店补货的，是一辆普通的金杯面包车。Lolita 拉开车门，清点了一下，说车上的东西都在。水哥探头进去一瞧，面包、方便面、各种零食、饮料，应有尽有，五个人起码能撑半个月的量。

水哥回忆了一下以前看过的灾难片，在不知道多久才能脱困的情况下，对于有限的物资，是需要管理分配的。但任何的分配都会产生腐败的空间，这些东西应该由谁来管理，其他人服不服，是一个问题。

更重要的是，要怎么来探索这个地下车库，找到出去的方式，也需要有效的组织管理。这两件事情，都需要一个有领导能力的人来统筹。

水哥看了看眼前的人们，小陈和 Shirley 身份诡异，Lolita 是个妹子，小王没有脑子。看来，这个得罪人的苦差，只能由自己来承担了。再怎么说，自己也是个主策划，虽然经常被手下欺负，不过还是有一些管理经验的。

他清了清嗓子说："大家都过来，我有话想说。"

剩下四个人围成一圈，都看着他。

水哥深吸了一口气，开起了车库里的第一次代表大会，"Lolita、Shirley、小陈、小王，我们不知道是上辈子干了啥坏事，才会那么倒霉，被困在这个该死的地库里。但是，仔细想想，这也是一种缘分。能不能从这地库里出去，要靠我们五个人一起努力，所以，从现在开始，我们一定要团结在一起。"

小王反应倒是很快，"对，说得对，我们五个要相亲相爱、万众一心。"

这么说着，他向 Shirley 走近了一步，有意无意地用手臂蹭她的胸，似乎是为了表达"相亲相爱"的决心。

Shirley 对小王的揩油，好像浑然不觉，嗲嗲地说："唉，可是我们要在这里待多久嘛，人家好害怕的。"

Lolita 也对水哥表示支持，"Water 哥说得有道理，我们不但要团结起来，还要有一个人站出来决策，我们大家都要听他的话，这样遇到分歧的时候，才不会乱。”

小陈也点点头，“这个小队长，我觉得霍先生合适。”

小王笑嘻嘻地说：“霍队长，不，‘窝特’就是水吧，以后我们就叫你水队长！”

没花一点力气，就把权力集中到自己手里，倒是出乎水哥的意料，不过为了逃出这个地库，他也就当仁不让了。

他对着大家抱了抱拳，这才说：“谢谢各位，我一定会好好加油，不辜负大家的信任。就像 Shirley 说的，我们不知道要在这地方待多久，所以为了尽可能地坚持久一些，接下来我们要清点手头上现有的物资，实行按需分配的制度。”

他停顿了一下，接着说：“Lolita、Shirley，等下你们都把自己的车开过来，跟这两辆车围成一圈。以后，这里就设为我们地库探险小队的大本营。为了避免这些物资发生意外，以后不论我们去哪里，大本营至少要留一个人值守……”

小王举起手，打断了水哥的发言，“水队长！这些都没意见，不过我们要做啥子，才能从这里出去呢？”

水哥深吸了一口气说：“这个问题，我们暂时都没有答案。所以，我们要成立二人一组的小小队，探查这个地库，找到线索，挖掘真相，早点离开这里……”他打了个呵欠，刚才两次睡着都被打断了，现在身体已经疲倦到了极点，“不过，当务之急，是大家先好好睡上一觉。”

在水哥的安排下，由小陈护送 Shirley，小王护送 Lolita，去把两个妹子的车都开了过来。Lolita 的是一辆米色的甲壳虫，Shirley

的座驾跟她嗲嗲的软妹子气质完全不符，是一辆棱角分明、大红色的凯迪拉克 CTS。

看 Shirley 这辆车的配置，起码得六七十万元。虽然大家在游戏公司上班，拿命去拼，每年的年薪加起来也有三四十万元，但一个妹子开那么好的车，还是有些让人另眼相看。要不然就是家里有钱，要不然就是男人买的。水哥不由得这样想。随后他指挥着大家，把小王的小货车和 Shirley 的 CTS 打横放在停车位外围，Lolita 的甲壳虫跟 CTS 呈九十度角，中间离两人宽的缝隙作为入口。这三辆车，就是地库小分队的大本营的围墙。在三辆车的包围里，是车库的两面墙形成的夹角，有四个停车位那么宽。装着各种食物的面包车，刚好就停在夹角的位置，方便管理。

水哥又把面包车里所有的纸箱包装都拆了下来，平铺在地板上，作为简易的床板。妹子们贡献出了车上的卡通靠垫，小陈从储物间里找来六件军大衣，可以当被子用。

做完这一切，每个人的疲惫都达到了顶点，于是纷纷躺下睡觉了。水哥作为领袖，也是仓管员，睡在最里面靠近面包车的位置。Lolita 睡在他右边，再右边是 Shirley，小王紧紧挨着她，恨不得能抱上去。

只有小陈，他说倒夜班到了第五天，也已经习惯了，现在不困，所以坐在大本营入口的位置值班——虽然就目前来看，并没有值班的必要。

水哥头一挨到枕头，就昏昏沉沉地睡了过去。他不太怕再梦到那些宫殿啊，没有五官的男女啊，甲士啊什么的，因为他知道梦境无法伤害到他，反而可能会提供一些线索。

让水哥不满意的是，这一次，他没有梦见任何东西。让他更不满的是，车库里的第三次睡眠，他还是被人叫醒的。

右边有人在猛晃着他的手臂，水哥扭过头去，Lolita 一脸紧张，右手指着房顶说："水队长，你听听，楼上有人在跑步。"

水哥睡得半梦半醒的，嘟囔了一句："跑步就跑步呗。"还没等 Lolita 再说，他猛地坐了起来！

这里是地库的负一层，楼上就是地面了。如果楼上有人在跑步，只要能向他们求助，就有了获救的可能！

水哥拍拍脸，尽量让自己清醒过来。然后他侧耳倾听，但没有听到任何声响。

他满脸疑惑地看着 Lolita，正要发问的时候，楼上果然传来了脚步声。

真的有人，而且不是一个人！水哥抬头去看，虽然只能看见黑漆漆的水泥天花板，但凭声音可以感觉到，起码在一百平方米那么宽的位置有一群人走过。这群人是从水哥左耳的位置，一直往右走，移动速度不快不慢。

脚步声整齐划一，"踏踏、踏踏"，Lolita 以为是在跑步，但是水哥仔细一听，这个速度不是在跑步，更像是在行军。

这声音让楼顶的天花板好像都震动起来，好像还夹杂着口号声。小王和 Shirley 也被吵醒了，在一边问怎么回事。

水哥深吸了一口气，正在想上面的是什么人，又该怎么呼救，突然间脚步声凭空消失了，不是那种一队人走着，停下来的消失，而好像是这队起码有五人的队伍，正在大踏步行军，左脚踩在地上，右脚悬在半空，突然间整队人都消失了。

这是怎么一回事？还没等他们想出个所以然，突然之间，另一种脚步声又响了起来。这个脚步声阵势弱了许多，好像只有三四个人，但是速度和节奏却快了不少。在几秒的时间内，就从水哥的左耳跑到右耳，一下子就跑远了。

而且，落地的声音跟之前的声音不同，像是质地更坚硬的物体敲击在地面，发出“嘚嘚、嘚嘚”的声音。

小陈幽幽地来了一句：“马。”

Shirley 惊呼道：“马，怎么会有马？”

小王很肯定地说：“穿越了，我们一定是穿越了！上面是啥子朝代哟？我们出去做个王爷吧哈哈哈！”

连 Lolita 也有点动心了，“那我们想办法，把头顶的水泥板挖个洞，就可以逃出去了。”

水哥有点头痛，忙说：“冷静，我们分析一下情况再说。”

楼顶上的马蹄声消失了，队伍行军的脚步声再次响起。水队长站起身来，一边走来走去，一边跟队员们分享他的想法。

第一，上面听得到人跟马走过的声音，未必就是一片空地。这个地库已经超出了正常理解的范围，挖穿了水泥天花板，说不定是地下水啊，熔浆啊，黑洞啊，什么乱七八糟的东西就掉下来了，等于自找死路，这个风险太大了。

第二，假设真的是穿越了，整个地库透过时空的缝隙，现在处于中国某个朝代——从目前的种种线索分析，应该是到了秦朝——

楼顶就是一片草地，并有秦朝队伍从上面走过。五个生在红旗下，长在新中国，经历了改革开放的现代人就这么华丽丽地穿越了。那么，秦朝人会怎么对自己呢？穿越小说里那些都是骗人的，根本不负责任，首先语言不通无法交流，其次最大的可能是，秦朝人会把从地底下钻出来的五个人视为某种威胁和凶兆，男的当场弄死，女的搞不好抓去充当奴婢。这样的风险，同样无法排除。

第三，最现实的问题是，地库的层间高度都很大，从地板到天花板起码有七八米，现在大家没有梯子，怎么才能爬那么高，去挖天花板？天花板又都是水泥做的，手头唯一的工具就是撬棍，能在小队饿死之前，把天花板挖个洞吗？

水哥停止了走动，皱着眉头总结道："反正，此路不通，我们要想想别的办法。"

小王不乐意了，"怕啥子，我们一起挖，肯定可以挖穿的嘛。水队长你说上面是秦朝对吧？秦朝能当王爷不？"

水哥决定吓唬一下他，就说："秦朝有没有王爷不知道，不过，秦朝一统天下之后，喜欢把原来六国的男人抓起来，切掉小鸡鸡变成太监，这样他们就不会造反了。"

小王缺乏基本的历史知识，没听出水哥是在胡扯，瞪大眼睛不说话了。小陈却冷冷一笑，别过了脸，但他的表情却被水哥看在眼里。

水哥清了清嗓子，继续分析道："有一件事要搞清楚，那就是我们这个小队的目标，是要逃出这个该死的地库，回到原来的时间、原来的生活，还当自己的'IT 狗'、保安哥哥、厨师。什么穿越秦朝当王爷、当太监的，太无聊了，不在考虑之内，大家不要拿错剧本。”说完，他看了一眼队员们，“这一点，大家没有意见吧？”

其余三人都果断同意，小王迟疑了一下，不太情愿地说：“好嘛，我说笑的嘛。”

水哥欣慰地说：“目标统一之后，接下来，我们就要考虑实现目标的方式了。照现在看来，逃出地库的可能性暂时有三种。第一，在负一层坡道的黑雾那里，反复尝试，或许有一次就可以冲出时空缝隙，回到原来的地面……”

小王打岔道：“那个负一层上面……”

水哥摆摆手：“你先听我说完。但是，我们不知道时空的缝隙是不是稳定的，也有可能哪一次冲进去黑雾，掉进宇宙啊，黑洞啊什么的，就这样有去无回了。所以，暂时不考虑这个方式。那么第二，我和小陈试过，从消防楼梯是可以上到地面一层的，只要打开那里的消防门，理论上我们也可以出去。”他转身拿了瓶矿泉水，喝了一口润喉，继续道：“还有就是，虽然电梯不能动，我们也可以试下打开通风的盖子，顺着电梯缆绳爬上去。目前来看，这是最靠谱的方法。”

小王听水哥说完，摩拳擦掌，一副跃跃欲试的样子，“好，我们现在就去。”

水哥制止了他，“别着急，等我们先吃了早饭……还是午饭再说。”

按照大家的计时仪器，时间还是停留在凌晨三点多。但是凭感觉的话，水哥在被小王吓醒的时候，应该过去了三个多小时，之后这一觉睡了有四五个小时，再加上一些零碎的时间，一共应该过去了十到十二个小时。也就是说，从身体的感受上，现在应该是中午十二点左右。

水哥按照队员们的喜好，给他们每人分配了一瓶矿泉水或者饮料，再加上一个面包或者一包饼干，就把午餐解决了。小王一直嚷着没吃饱，Shirley 分了他几块饼干，Lolita 和小陈都在默默地吃着手里的食物，没有什么意见。

吃完饭，大家又聊了一会儿天。水哥在心里打算着，等会儿要怎么叠罗汉才能够到电梯的通风盖，还是说把面包车上的易拉罐饮料，搬几箱过去垫脚。正想着准备出发的时候，Shirley 说要上厕所，但是怕黑，小王就自告奋勇地陪她去了。

水哥、Lolita、小陈又坐下来，一边聊天一边等。这期间，水哥一直想要套小陈的话，看他到底跟梦里那个甲士是什么关系，但小陈却不上当。因为 Lolita 在场，怕给她带来更多的困扰，水哥也就不好太深入地聊。

就这么等着，Lolita 渐渐觉得有点不对劲，疑惑地说："他们怎么去了那么久？就算是那个，也该好了吧？"

小陈同意地说："已经十五分钟了，大便也不用那么久。"

水哥也有点紧张起来，"难道他们又掉进了另一个时空？"

小陈站起身来说："我去看看。"

水哥赶忙拉住小陈，"你在这边守着，我跟 Lolita 去吧。"

他朝 Lolita 使了个眼色，转身就往外走，Lolita 也很聪明地跟上了。在水哥的梦里，小陈和 Shirley 都出现了，他们明显是一伙的。如果让小陈和 Shirley 在一起，小王又没有脑子，说不好会被他俩害了。

负一层没有厕所，刚才 Shirley 是朝着停车场南边走去，估计是找个阴暗角落去解决。水哥和 Lolita 还没走到那里，就听见了一些奇怪的声响。这个声响非常有节奏，像是一双很胖、很多肉的手在鼓掌，又有一些液体滴答的声音。

两人再仔细一听，声音就更清楚了，那是一下一下肉体碰撞的声音，还有女人的呻吟声和男人粗重的喘息声。

小陈站在大本营门口，看见两人回来，忙问："怎么样？"

Lolita 低着头走了进去，水哥比了一个手势。小陈马上就懂了，低声说了一句："还是这样。"

水哥不由得皱眉，小陈为什么说"还是"？难道小王跟 Shirley 之前就那样？但小陈比自己更晚遇见 Lolita、小王、Shirley 三人，之后五个人一直在一起，如果小王和 Shirley 有什么动作，自己也应该知道才对。

还没等他想清楚这个事，就听见身后传来了脚步声，水哥一回头，果然是那对狗男女爽完回来了。

小王脸上的表情很复杂，有点兴奋，有点累，有点想掩藏又很想炫耀，还不由自主地提着自己的裤子。Shirley 反而像是习惯了，脸上很淡定，看不出什么异样。

水哥装模作样地问 Shirley："怎么那么久？"

小王抢着说："没啥子事，我们走远了些，那个啥子，迷路了！"他还用手肘顶了下 Shirley，意思像是在说：怎样，我这个借口很聪明吧？

Shirley 淡淡地笑了一下："Water 哥，我们可以了，什么时候去电梯？"

水哥不怀好意地笑："不用休息一下？"

Shirley 摇摇头，"不用啦，我好想赶紧出去呢。"

这女人的戏演得还真好，看她这一装到底的样子，水哥也不好再说什么。他安排小陈继续守着大本营，叫上 Lolita，和小王、Shirley 四个人一起出发，向着电梯间走去。按照水哥的想法，还是要把小陈和 Shirley 分开，免得他们在一起搞什么阴谋。至于小王，虽然也被 Shirley 的人肉炸弹俘虏了，但就凭他那智商，连正经的反派也演不了，还是带着来搭把手。

第五章

真假小王

四个人很快就走到了电梯间。电梯有四部，两两相对，南边这两部是单层梯，只能到地下三层和地面的单层，而对面的两部则是双层梯。

水哥和 Lolita 都在十二楼上班，他们印象中都是搭双层梯右边这部，从楼上下到负三层车库的，因为刚才和小陈来这边按过电梯，所以本来在负三层的电梯，现在就停在负一层，而 Shirley 的办公室在单数的十七层，所以她是坐单层梯下来的，LED 上显示那部电梯还停留在负三层。

水哥按下了向上的按键，双层的这部电梯马上就打开了。

小王兴冲冲地跑了进去，把地面上的所有楼层都按了一遍，三秒之后嚷嚷道："啥子，不会动嘛。"

水哥真想冲他翻白眼，要是电梯能动会上去，大家还困在这地库里是好玩吗？他示意让 Lolita 和 Shirley 在外面等着，自己走进了电梯，抬头看看电梯顶部通风的盖子。这一看他可有点傻眼了，和电影里演的不一样，电梯顶部好像没有盖子呀?

水哥抬着头说：“这该怎么爬出去呀？”

小王也抬起了头，嘿嘿地笑道：“这个，我会！”

水哥喜出望外，“真的？”

小王非常开心地说：“真的，去年我被困在电梯里，在两层楼中间，看见别人就是这么爬的！”

水哥不禁有点无语，去年被困电梯，今年被困车库，看来这个小王不光智商低，运气也不是一般的差。

这个时候，小王看着水哥，突然哈哈大笑起来。

水哥只觉得莫名其妙，电梯外的两个妹子也面面相觑，搞不清楚状况。

小王一边指着水哥，一边捧着肚子说：“哈哈，我会爬，你不会，哈哈哈哈，我要骑你身上啊！”

水哥简直想一头撞死在电梯里，遇上这么个“二货”。本来他就打算自己在下面，让小王坐他肩膀上，找到通风口再爬出去的。因为如果是换过来的话，就凭小王这个小身板，水哥一站上去，小王不是腰折了，就是被压成武大郎了。

水哥长吐了一口气：“你笑够了没，赶紧办正事。”然后他靠着电梯墙，蹲下身子，“你来，赶紧的。”

小王勉强忍住笑，身体还是一抽一抽的，一边扶着电梯墙，一边往水哥脖子上坐去。

“抓好了。”水哥手扶着身子，慢慢站起身来。

小王往电梯外张望了一下，看见 Shirley 刚好走开了，就神秘兮兮地对水哥说："水队长，我重吗？"

水哥这时已经完全站起来了，看小王还挺会关心人的，就说："不重，我能撑得住。"

小王假装压低声量："我跟你说，别看那个佘里长得不高，身体可沉了！我都抱不起来啊！"

水哥眉头一皱，敢情这小子是想把话题往这边引。突然之间，他脑海里却浮现出一个画面，就是 Shirley 睡过的那块纸板，上面赫然有一个较为明显的人形，而别说 Lolita 和小王，连水哥这样的体重，都没能压出这样一个形状。

当时他还以为是纸板的质地不同，也没往心里去，现在听小王这么一说，估计 Shirley 确实是超乎一般的沉。

水哥本想问个究竟，想想还是算了，毕竟小王正骑在他脖子上，要是聊得性起，一根硬邦邦的棒子顶在后脑勺……想到这里，他赶紧摇摇头，引开话题："小王，你够得着吗？"他又怕脖子碰到小王的裆部，不敢把头仰得太高，自然也就看不到电梯顶上的情况，只能听小王指挥。

"够……够不太着。水队长，你往左一点。"

水哥往左走了两步。

"这里，好像是这里，往这边。"

小王真当自己在骑马，用右脚踢了踢水哥，但特殊情况下，水哥也计较不了那么多，只好往右走了一点。

"就这里，你站好！"小王下命令了。

水哥扎稳马步站好，小王双手按着他的头，慢慢用膝盖顶在水哥肩膀上，又尝试着站了起来。电梯门口，Lolita 和 Shirley 都忍不住轻声惊呼起来，水哥听在耳朵里，虽然自己看不见，也知道现在他和小王摆出的是一个高难度的体位。他不由得又庆幸自己一直有去健身房，负重深蹲不是白练的，要不然现在早趴下了。当然了，也幸好小王的体重在厨师里属于非主流的，要换成个一百公斤的大胖子，再怎么练也白搭。

小王双脚踩在水哥肩膀上，慢慢站直身，扑通一下，双手估计是打在电梯顶部四周凸出来的凹槽处。水哥感觉肩膀的重量一下减轻了，不由得松了口气，双手向上，像自行车锁一样箍紧小王的大腿，免得他倒了下去。

小王在凹槽那里摸索着，“这里，不是，喔对对，是这里。啥子，要螺丝刀啊。”

水哥不由得头大，小王不是漫威英雄，没办法一拳打烂墙壁，拆通风口当然需要螺丝刀等工具了，可是在这鸟不拉屎的地库里，上哪里找工具呢？

忽然，小王兴奋地叫起来：“哎？这里有个工具包。”

Lolita 听小王这么说，也在外面开心地喊道：“运气真好！”

这真是想睡觉时来了个枕头，水哥和小王想要拆开通风口的盖子，就来了个工具包。他心里有点奇怪，难道说是哪个粗心的电梯养护员工留下的？还是说……他随即被自己的想法吓到了——难道以前也有人试过从这里爬出去？

小王的想法可没水哥那么多，他兴高采烈地打开了工具包，在上面一阵窸窸窣窣地翻弄。水哥还是顾忌着跟小王肌肤相亲，不太敢抬头看，只能耐心地等着。

“哎呀？这里灰都没有，好像刚被拆开过嘛。”

小王开始拆螺丝，估计是挺顺利的，过了一会儿，他甚至唱起歌来。

“苍茫的天涯是我的爱，绵绵的青山脚下花正开……”

这样一首国民神曲，小王竟然唱得完全不在调上。水哥听得眉头都皱了起来，不过往深里想，他还挺羡慕这样没心没肺的人，在这样的环境下还有心情和女人卿卿我我，还有心情唱歌，就凭这个心态，活到九十岁不成问题。

突然，头顶上“哐当”一声，然后一阵灰尘往下掉，把水哥呛得咳嗽了两声。

“哈哈哈哈，打开了嘛！”小王一边说着，一边双手撑着通风口的边缘，准备向电梯外面爬。

水哥只觉得肩膀上压力突然变轻，松了一口气，抬头交代道：“你小……”他话还没说完，电梯的曳引电机和钢丝绳一阵作响，电梯猛地往上升去！

电梯的两扇门根本还没关上，外面的 Shirley 和 Lolita 也完全来不及反应，在两秒之间，电梯疯了似的往上蹿，先是看不见小王，接着只能看见水哥的脚跟，半秒后，电梯就彻底消失在视野里，只留下黑漆漆的电梯井。

Lolita 吓得大喊：“Water 哥！”

电梯里面的水哥也被吓得够呛，却根本反应不过来，就算是反应过来也没用，小王半个体重还压在他肩膀上，要是水哥突然跑出电梯，小王摔下来估计要散架了。

坑队友这种事情，水哥从来不做。

电梯上升几秒之后，突然砰一下又猛然停住了。小王被晃得手撑不住电梯通风口，整个人又踩在了水哥肩膀上，两个人摇摇晃晃地摔倒在地。

等水哥回过神来的时候，电梯已经彻底停稳，门口是一堵黑漆漆的水泥墙。他不知道在刚才的几秒内，电梯到底上升了几米，自己和小王现在又处在什么地方。

Lolita 的喊声从水泥墙下传来，很是焦急的样子。看来有一个问题是确定的，那就是这电梯还没有离开地库那个诡异的空间。

水哥定了定神，对着脚下喊："没事，Lolita 我没事！"

Lolita 这才放心了一点，"你们在哪儿？上面怎样了？"

Shirley 嗲嗲的声音也传过来："小王，你没事吧？"

这两个妹子的问题，都应该由水哥肩膀上那人来回答。说来也奇怪，电梯那么大的动静，小王也没被吓到，连叫都没叫一声。这人智商虽然不高，胆子可不小，看来如果真的穿越到战乱的古代，王爷什么的不说，在太监界里他也能混出个名堂。

水哥双手还是箍着小王，扯了扯他的裤腿，问："小王，你怎么样了？"

小王显得很淡定，"没啥子事，就是有点黑。"

水哥摇了摇他的裤腿，"先下来吧你。"

小王却没有回答他，而是说了句没头没脑的话："哎呀？啷个这里也有？"

然后，水哥感觉肩膀一松。小王的裤子从他的手指缝里滑走，发出哧溜的声音。他抬头看时，电梯顶部靠近边缘凹槽的地方有一个直径不超过 60 厘米的圆形通风口，小王估计是手撑着外面的边缘，一用力，上半身已经钻了出去，只有腰部以下还在电梯里，两只脚在水哥头顶晃荡着。

水哥有点急了，“你干吗？先下来啊！”

小王却把水哥的话当耳边风，自顾自地说：“好多……”

水哥心里直发毛，电梯通风口上面，黑漆漆的电梯井里，能有什么东西“好多”？

小王这哥们儿到底看见了啥？

水哥深吸了一口气，大喊一声：“下来！”

小王还是当作没听见，倒是水泥墙下面的两个妹子听见了，Lolita 焦急地问：“Water 哥，怎么了？”

小王还在继续往上爬着，水哥不知道他是被鬼迷住了，还是心理出了问题，心想总之先把他拖下来再说。

这样想着，水哥伸手去抓小王的裤腿，“你还想跑！”但万万没想到，小王那裤子是二十块钱的地摊货，布料差得出奇，哧一声裂了条口子，然后小王腿再往上一缩，只剩下小腿和鞋子还在电梯里了。

水哥抬着头，眼看小王整个人就要钻出去了，他蹲了个马步，准备来个立定跳高，抓住小王的脚踝往下拖。就算抓住之后，两人会掉下来摔个人仰马翻也都等下再说。

就在这时，水哥感觉自己的脚踝突然被什么抓住了，低头一看，是一只手从电梯地板上毫无理由、不讲道理、绝对诡异地伸了出来，紧紧抓住了自己的脚脖子！

“我去！”

水哥吓得差点尿裤子，但让他惊吓的还在后面，随着那只手越伸越高，一张四十五度角仰望的脸也跟着浮起，就好像尸体从池塘里漂起来一样。

这是什么东西！水哥知道，从电视机里爬出来的是贞子，但从电梯地板里伸出来的一只手和一张脸，又是什么玩意儿？

水哥左脚被牢牢攥住了，挣脱不了，他把右脚抬起来，就要往那张脸上踩去，心说管你是什么鬼，我把你踩回十八层地狱！

那张鬼脸却开口说话了：“水队长，我！”

水哥险些收不住脚，仔细一看，那张脸不是小王又是谁！他惊得说不出话来，抬头再看看电梯顶部，小王的一双美特斯邦威还在晃荡着。

这是个什么情况？大变活人也不是这样玩的。

小王看着水哥的表情，又看看他慢慢湿开来的裤裆，疯了似的笑起来：“哈哈哈！水队长你……你嘟个哈哈哈，嘟个尿啦！”

水哥又急又气，感觉脸都发烫了。小王说得那么大声，下面的两个妹子肯定也听见了，以后让他再怎么当队长，装硬汉？他满脑子都在纠结这个，一时忘了去想眼前不同寻常的一切到底是怎么发生的。

小王另一只手也伸了上来，抓着水哥的右腿，他抬头看看电梯顶部，自己的脚还在上面晃荡着。刚才他从通风口钻出电梯，上面是用电筒也照不穿的黑雾，和车道斜坡上的一样。他也看见了和斜坡那里一样的东西，甚至比那里的更多，之前想要跟水队长讲的，谁知道大家都不听。

小王可不怕这黑雾，反而觉得挺好玩的。说实在的，他心里还挺感谢这个古灵精怪的地库，要不然，他哪里有机会跟 Shirley 这样的妹子好上？

总之，当他上半身钻出了电梯，手继续向上摸索，想抓着电梯的曳引钢丝绳的时候，突然却摸到了一条缠着布的柱子，一摸硬中还带软，他也管不了那么多，先抓牢再说。

然后他借着那根柱子往上使劲，突然之间，眼睛就感受到了突如其来的光亮。

短暂的适应期过后，看到电梯顶部和自己身首异处的一双鞋子，小王开心得不行，忍不住又大笑起来："哈哈哈哈哈哈，嘟个那么好玩嘛！"

水哥的头脑渐渐冷静下来。在他脚下，是一个年轻男人肩膀以上的部分。按照正常的理解，只有人死了之后，用锯子分尸，才能呈现这个状态，但脚下的这一部分男人，却正在狂笑，笑得脸上五官都快要移位了。

这到底是怎么回事？水哥心里的求知欲终于战胜了恐惧，他深深吸了一口气，蹲了下去，用手按住小王的头，把他的脸扭到右边，尽量避免他大笑的口水喷到自己脸上，然后水哥歪着头，从左边的角度仔细观察。

只见小王肩膀以上的部分，还有两只手，都像从一张极薄的、透明的纸里钻出来的一样。再仔细看，这一张“纸”还不是跟电梯地板完全贴合的，而是高出了不到一厘米的缝隙。在这个缝隙里，什么物体都没有，只有电梯内不流通的空气。

水哥突然想把手指塞进这个缝隙，如果塞进去再往上抠，会戳到小王的血管里吗？这个画面太美了，水哥下不了决心去尝试。

于是电梯里的时空就这么定格了，一个身首异处的男人在狂笑，另一个被他抓住双脚的男人，蹲在那里，脸上都是犹豫。

像是看不惯这个卡住的画面，突然之间，电梯的曳引电机又响了起来，电梯好像又要往上走，但下面被什么巨大的力量拉扯住了，发出咔咔咔的奇怪声响。

那一瞬间，水哥以为电梯要解体了。

像是担心他还不够害怕一样，电梯里的灯也变得一闪一闪的。

咔咔咔……哐！

小王的笑声戛然而止，脸上的表情变得很痛苦。

“哎呀！哪个扯我！”

水哥赶紧松手，双手举起以示无辜，“我没扯啊！”

电梯突然开始上下晃动，像是好奇的巨人手里的一个铁盒，而水哥和小王，就是铁盒里的两只虫子。

水哥蹲在地上都有点蹲不稳了，身体向后一个踉跄，双手撑地勉强维持了稳定。小王这样悬在半空中，就更不要说了，他的表情越来越痛苦，抓住水哥脚踝的手也越来越用力。

水哥觉得脚踝生痛，但也顾不了那么多，当务之急，是把小王先拉上来——不对，是该拉下来？

“啊！”

小王突然发出一声惨叫，眼睛瞪到极限，眼珠子都快要掉出眼眶，脸上的表情突然无比狰狞。

同时，他原本紧紧抓住水哥的双手，也像是失去了力气一样，突然就松开了。紧接着，他肩膀以上的部分，开始慢慢向电梯地板沉下去，就像刚才浮起来的逆过程。

水哥赶紧双手抓住他手腕，但却感觉一股无比巨大的力气，扯着小王正往下，像是有一个可怕的怪物，正咬着小王，向那个光线无法穿透的黑雾深处拖去。

水哥这时没法抬头，不然他会感觉更加诡异。因为在小王上半身被向下扯的同时，他悬在地板上的两只脚，不但没有往下掉，而也在被拉扯着往上。

也就是说，那一片黑雾正在小王的身体中间，同时向上、向下吞噬着小王的身体。

小王穿着美特斯邦威的两只脚绷得直直的，脚尖呈九十度朝下，这是遇到极大痛苦时，人类身体的自然反应。

水哥双脚用力蹬在电梯地板上，一边抓着小王的双手死命往上拉，一边大叫：“坚持住！”

但半分钟前还在大笑的小王，现在一点动静都发不出，成了一个安静的丑男子。回答水哥的，只有电梯里忽明忽暗、嗡嗡作响的白炽灯。

电梯终于停止了晃动，但小王的身体却变得更沉，就好像刚才在玩弄电梯的那个巨人，现在正捏着小王的身体，用力往下拉。

水哥刚才蹲着，现在已经是双膝跪在地上，他咬紧牙关，用尽全身力气，还是没办法抗衡电梯地板下的那股怪力。小王的身体越来越向下，整张扭曲的脸，都沉到了地板下面，只剩下水哥手里抓着的两条手臂。

就连这两条手臂，也还在往下滑，水哥从抓着他的上臂，到肘关节，到小臂，到最后的腕关节……膝盖在地上磨得生痛，每一秒都在想着放弃。他敢说，就连当年和女友发生第一次时，脱女友的衣服，都没有使出那么大的韧劲。

电梯里短短的两分钟，又好像是两个世纪，水哥的体力终于支持不住了，精神开始虚脱，水泥墙下两个妹子的呼声，也变得越来越远。终于，小王的手哧溜一声，从水哥手里滑走，然后完完全全沉没到地板里。

水哥原本抓着小王的两只手，却没有跟随小王一起沉入，而是砰的一声，撑到了硬邦邦的地板上。他大口大口地喘着气，在他头顶上，那两只穿着美特斯邦威的脚，也同样被吞噬不见了，只留下黑乎乎的通风窗口。

小王，就这样消失了。

电梯的照明恢复了正常，只剩水哥一个人，死死地盯着天花板。

这到底是怎么回……

突然！小王的上身猛地从地板里蹿了出来，他两只手撑在地板上，面目狰狞，对着水哥大喊："不要相信 Shirley！也不要相信我！"

小王的头冲出来的速度非常快，但这十几个字，他是用正常的语速说完的。在小王说这些话的时候，水哥已经被吓得坐在了地上，那些字只在他耳朵旁边响起，根本没能往脑子里去。

说完这句话后，小王露出一个诡异的笑容，然后，手一松，又仰着脸，慢慢地往下沉，在沉到只剩下鼻子、额头、嘴唇三块凸出的部分时，突然之间，一阵白光闪过，几件东西啪嗒一声，掉到了地板上。

水哥看了一眼，止不住喉头翻滚，差点就吐了出来。地上有几块连着皮的肉、一个鼻尖，还有两片薄薄的上下唇，血水正在慢慢地往外渗，不用说都知道是从哪里削下来的。

水哥闭上眼睛，努力平复情绪，但是不行。喉咙里有酸酸的东西，从胃里往上泛，正要汹涌而出，他睁开眼，扭头想往右边的水泥墙下吐，突然发现水泥墙不见了，外面是白色的灯光，还有两个人影。

Lolita 惊呼：“水哥，你怎么了？”

原来电梯在他闭上眼这几秒，竟然已经掉回了负一层。

水哥还是没忍住，哇一声吐在了 Lolita 脚旁边。

他听见 Shirley 在问：“小王呢？”

水哥不敢回头，用手指着电梯地板。

Lolita 奇怪地问：“什么啊？地板？小王不是从通风口爬上去的吗？”

水哥只觉得奇怪，那几块肉虽然体积不大，但红色的血在黑白的大理石花纹地板上还是很触目惊心的，两个妹子不可能没发现。

他回头一看，地板上干干净净，什么都没有。

水哥吃惊得连吐都忘了，这时候，对面的单层电梯突然叮咚一声响，电梯门打开，一个熟悉的声音传来：“你们在干啥子呢？”

水哥耳朵嗡的一声，一瞬间，心脏都停止了跳动，大脑一片空白。他能想到从电梯走出来的是谁，但无论如何，他都不愿意面对这个事实。

怎么可能？当水哥勉强能呼吸的时候，他脑子里回放了桑塔纳车尾厢的那一幕，那个突然消失的女人——Shirley。当她从车尾厢消失之后，过了不久，就又出现在水哥眼前。

车尾厢里留下了一张纸条，上面写的那两句拼音，水哥记得清清楚楚：

不要相信保安，也不要相信我。

现在，同样的剧情再次上演，不过主角换成了“二货厨师”小王。小陈、Shirley、小王，构成了一个诡异的链条。如果这个地库里上演的恐怖电影再继续下去，下一个是 Lolita 还是自己？

水哥突然想到一件事——难道说，Shirley 在车尾厢里面，也经历过同样的拉扯和切割，所以才叫得那么惨？

水哥抬起头来，看着眼前的这个 Shirley，她正转过身去，跟电梯里出来的那个人说话：“小王，你怎么从那边出来了？”

那个小王似乎也觉得奇怪，“这不是我爬上去那个电梯吗？我看看……对哟，是单层梯，这是哪个回事嘛？”

Lolita 也问：“会不会……是遇见了斜坡那里能传送的黑雾？”

小王的声音传了过来：“咯李塔，你哪个那么聪明哟？刚才我从这边电梯那个洞爬上去，哎呀上面好黑，爬没多久电梯又动起来了，我就赶紧下来了。那个洞口还被堵住了，我还以为水哥哪个搞恶作剧的嘛。”说到这里，他又放出了标志性的大笑，“哈哈哈哈哈……原来又穿越了嘛，好玩！”

笑到一半，小王突然停了下来，“哎呀？水队长，你唧个回事？跪在地上干吗？哎呀，唧个还吐了？”

Shirley 也说：“可能是刚才电梯晃来晃去，晕车了吧？”

就连 Lolita 也打圆场：“小王，Water 哥是因为你爬上去就没下来，太担心了吧。”

小王愣了一下，又开始大笑：“哈哈哈哈，水队长唧个那么胆小嘛，我这不是好好的嘛，怕个锤子哟！”

水哥目瞪口呆，刚才在电梯里，他亲身经历的一件事情　自己尿了裤子，小王被切得只剩三块肉，现在竟然都变得像没发生过。

难道说，真的是因为电梯摇晃，密闭恐惧症什么的，自己出现了幻觉？

水哥深吸了一口气，不，刚才的经历那么真实，不可能是幻觉。他鼓起勇气，扭头朝刚才在眼前死得硬硬的那个人看过去。那确实是小王，一样的“杀马特”发型，一样邋邋遢遢的制服，但是，水哥发现了不一样的地方——他的站姿。

之前的小王，站没站相，腿是弯的，腰是驼的，手不是在挠头就是在抠鼻屎。现在的小王，虽然身材、衣服都没有改变，但是却站得笔直，很有架势。

这个感觉很诡异，很不协调，就像是从电子厂流水线上，抓住一个打工仔，让他去演身经百战的特种兵。

水哥突然想起，在他刚遇见小陈时，也发现了小陈跟之前的不同，是在于他的口音。本来一口浓浓的北方口音，却变成了港台腔，仔细想的话，那应该是带一点闽南话的口音。

而在消防门那边听到的诗朗诵，那个奇怪的方言，或者说古汉语——其实，也有点像闽南话。

这两者之间，是不是有什么联系？

水哥闭上眼睛，调整了下情绪，尝试着站起身来。胃里已经没有那么难受，也不再有想吐的感觉，不过从蹲着一下子站起来，血压突然变低，他有点头晕站不稳。

Lolita 走过来，体贴地扶住了他。

水哥看着她勉强笑笑："Lolita，我没事。"

小王没事人似的走来走去，看看单层梯这边被他一脚踢坏的通风口盖子，又看看双层梯这边他——或者说是上一个他亲手拆下来的盖子，一脸无辜地问："水队长，这里也爬不上去咯，接下来要唧个搞嘛？"

水哥看着小王的脸，他的表情很真切，看不出是在演戏，脸上的五官也跟之前一模一样，连颧骨下的一颗痣都完美地复刻出来。

但水哥心里明白，无论眼前装成小王的是一个来自古代的鬼魂、外星人、克隆人、机器人，还是来自另一个平行空间的小王，怎样都好，他都不是本人了。

原来的厨师小王已经死了，死在刚才的电梯里了，死得彻彻底底。

Shirley 上前去搂住小王的手臂，嗲嗲地说："幸好你们都没事，刚才我和 Lolita 快吓死啦。水队长，看来电梯也是爬不上去的，我们要怎么办才好嘛？”

水哥又把目光移向了这个女人，他之前跟 Shirley 不太熟，但 Lolita 跟她是认识的，也就是说，起码从外表上看，这个 Shirley 跟原来的 Shirley 也是一模一样。

按照现在的形势，小陈、Shirley、小王本人应该都已经死了，而且被某一种奇怪的东西“山寨”了。刚才在电梯里，小王骑在水哥肩膀上时说过，Shirley 比看上去沉多了，或许这就是山寨版和原版的差别所在。

水哥在心里分析，目前的情况，只有自己和 Lolita 还是原版的——不过等下也该试下她的体重。如果她是原版的，那就是说，在这个地库里，她是自己唯一的盟军了。

水哥深吸了一口气，该怎么避开那三个山寨版，把自己所知道的情况，全都告诉 Lolita 呢，而更难的是，要怎样让她相信呢？

比如说，如果水哥直接讲眼前这个能说会动的大活人小王其实不是小王，真正的小王已经死在电梯里了，估计 Lolita 会把自己当成神经病吧？

一旁，小王还被 Shirley 搂住手臂，两个人眉来眼去的，讨论着下一步要怎么逃出地库。

水哥的大脑飞速地转动着，这两人之所以还在演戏，从动机上分析，就是要让自己认为，他们还是原来的小王和 Shirley。至于这样做的具体目的是什么，为什么不上来一砖头把自己拍死得了，他目前不得而知。

假设这些山寨版都是有自主思维，有智慧——至少目前看来确实如此——那么，水哥不是傻子，亲眼看见小王惨死，所以绝不会相信眼前的山寨版小王。山寨版们也不是傻子，如果他们知道自己看见小王死了，也会知道这样是骗不过去的，所以就不会这么演了。

水哥暗自点了点头，也就是说，山寨版们掌握的信息是有疏漏的。他们肯定以为，这一次电梯里的原版小王死掉，山寨版小王顶上，就和上次桑塔纳车尾厢原版 Shirley 和山寨版 Shirley 替换一样，是平稳过渡，没有人亲眼看见。

这么一想，也让水哥看到了一丝希望，如果说这些山寨版的计划并不会出错，那就有了对抗的可能。

所以，在完成“逃出地库”这个终极目标的道路上又多了一个里程碑，那就是“搞定山寨版”。而要实现这个目标，首先要做的，就是要告诉 Lolita 真相，让她相信，再结盟一起对抗山寨版。

当然，在此之前，还要测试一下 Lolita 是不是原版。

这一切动作，都要背着那三个山寨版完成，所以，要创造和 Lolita 单独相处的机会。

想到这里，水哥向 Lolita 丢了个眼色，“Lolita，你想去上厕所吗？”

Lolita 看了水哥一眼，又看看 Shirley 和小王，还没说话，脸突然就红了。

水哥说完忽然想到，之前有了 Shirley 跟小王这一出，“上厕所”确实容易让 Lolita 误会，以为自己也要跟她……但是事情的真相最好是现在和 Lolita 说，要不然等会回到大本营，小陈那家伙也在，就更难找到机会了。

水哥顾不上解释太多，趁小王和 Shirley 没太在意，拉上 Lolita 就往电梯间外面走，还故意大声说：“我陪你去。”

Lolita 以为水哥想要霸王硬上弓，拉到阴暗处把她办了，心里当然是抗拒的。水哥拉着她一直往外走，她就一直想要挣脱，但本来女孩子力气就跟男人没法比，水哥当年还是“健身狗”，力量就更悬殊了。

估计是不想让 Shirley 和小王听见，一开始 Lolita 只是小声地说：“Water 哥，别这样，别这样。”

水哥越走越远，她声音也就提得越高，等两个人走出了电梯间二三十米的距离，Lolita 终于发作了。她左手被水哥拉住了，右手用力捏了水哥手臂一下，“放开我！”

水哥吃痛，忙停下脚步，回头看着 Lolita，见她紧紧蹙眉，眼圈都有点红了，又气又急地说：“我真的不想上厕所！”

水哥忍不住一下笑了出来：“Lolita，我知道你不想上。”

谁知道 Lolita 更生气了，她认准了水哥是想拖她去做羞羞的事，怒道：“你怎么变得跟小王一样了，找 Shirley 去啊！她身材比我好！”

水哥脱口而出一句渣男经典台词：“你听我解……”

Lolita 没等他说完，更生气地喊：“松手！”

水哥赶紧松开手，Lolita 转身就要走，水哥一看势头不对，赶紧说：“别走！想要活着离开地库，就先听我讲！”

这句话果然有效，Lolita 停下脚步，迟疑着没转过身来，水哥赶紧小跑两步，绕到她面前。

他深吸了一口气，用最诚恳、最可信的语气，就是每次开会给同事们画饼的语气说："Lolita，你听我讲。我怀疑，小陈、Shirley、小王他们是一伙的，是坏人，他们想要永远把我们留在地库里。我甚至怀疑……他们并不是原来的自己。"

正如同水哥所料，Lolita 第一反应是，"什么意思？你是说……不会吧，怎么可能？"

水哥因势利导说："Lolita，你想想，Shirley 跟你以前认识的那个 Shirley，有没有什么不一样的地方？"

Lolita 皱起眉头，犹豫了一会儿说："呃……我跟她也不是太熟，但我听说她很高冷……对了，去年有个富二代在公司楼下停了辆宾利，车里摆满玫瑰，等了半天女主也没出现，Water 哥你知道吗？据说就是来向 Shirley 表白的。"

水哥挠挠头，"我好像有点印象。"

Lolita 咬了咬嘴唇，然后说："对呢，所以刚才看见 Shirley 和小王竟然在……在那个，我都不敢相信呢。"

听到这里，水哥猛地一拍大腿，"我就说嘛！"

Lolita 吓了一跳，"说什么？"

水哥兴奋地搓着手，"从一开始我就觉得，像 Shirley 身材那么好，我不是说你身材不好啦，脸也不错，还开辆好车，这样的妹子，肯定一堆人追，备胎都够开个汽修店的。她条件那么好，怎么可能看上小王这样的，还主动黏上去，才多久就那啥了。"

Lolita 点点头，"我也有怀疑，不过，可能是在这样压抑的环境里，她很害怕，想要有个依靠，所以心态变了呢？"

水哥摆摆手，“不，不是这样的。Lolita 你听我说，除了 Shirley、小陈和小王，都跟原来的本人有了区别。你还记得小陈以前说话的口音吗？他在地库里变成了奇怪的港台腔。不记得？没关系。那小王你总有印象的，之前总是吊儿郎当像个小混混，你看刚才从电梯里出来之后，却站得特别直？”

Lolita 皱眉回想，“你这么一说，好像是有点区别。”

水哥突然想起什么，在裤兜里摸索了一会儿，拿出一张纸条说：“你看看。”

Lolita 展开那张纸条，在昏暗的灯光下读了起来：“这是……哦是拼音。不要相信保安，也不要相信我……Shirley。”她抬起头来，满脸的不解，“这是 Shirley 写的纸条？”

水哥点点头。

Lolita 继续追问：“她什么时候给你的？保安说的是小陈吧，那不要相信我又是什么意思？还有为什么要用拼……”

水哥阻止了她的十万个为什么，“你等我一下，我会一五一十讲给你听，不过在这之前，你能不能……”

水哥不太好意思说出口，Lolita 奇怪地看着他。

水哥把心一横，开口道：“能不能先让我抱下？”

Lolita 又羞又恼，“怎么说了一圈，又绕回这里来！”

水哥怕她又要走，赶紧伸开双手，像老鹰捉小鸡一样拦着她辩解道：“是这样的，我怀疑山寨版和原版有个区别，就是体重会变得特别重。为了确定你还是原版，我要先检查下你的体重，你看这里又没有秤……”

看水哥急得都快哭了，Lolita 半信半疑地说：“真的？”

水哥伸出右手，竖起三根手指，发了个毒誓：“我发誓，如果有一句假话，我霍金水这辈子……永垂不举！”

Lolita 不太理解地重复：“永垂不举……”然后她扑哧一声笑了，“好吧，这个誓确实挺毒的。Water 哥，你敢不敢再加一句：不能保护我安全逃出这个地库，那你就胖五十斤！”

水哥一脸视死如归，“好，如果我有什么对不起 Lolita 的，永垂不举，胖五十斤！”

Lolita 看他那么严肃，也有点不好意思，“好啦，Water 哥，我相信你就是。那……”

水哥心里一喜，知道她没说出来的话是：那要怎么抱？他打量着眼前站着的 Lolita，一条棕色短裙，黑丝袜，显得一双腿更加修长。她的身高比例其实更接近欧洲人，腿长脸小，上半身短，腰线的位置很高，显得气场十足。所以，水哥一直不知道她为什么要取名 Lolita 而不是 Anego（大姐头）。

总而言之，面对这样一个长腿美女，该从何抱起呢？

Lolita 好像看出了他的困惑，主动提出了解决方案：“那个，我们试试公主抱吧。”

水哥看着她的黑丝长腿，“这样好吗？”

Lolita 大大方方地摊开双臂，“你行不行？”

男人最忌讳的就是被说成“不行”，水哥不再废话，上前一步，Lolita 很配合地侧过身。水哥左手穿过 Lolita 的腋下，尽量不碰到她的胸，稍一弯腰，右手从她膝关节背后伸过。

水哥憋了口气，“一、二、三，起！”

Lolita很配合地用双手搂着水哥的脖子，很顺利地被抱了起来。她的体重比水哥想象的还轻。按照他负重深蹲养成的对重量的认知，Lolita体重最多五十五公斤，对于她这个身高来讲确实很轻了。

除了体重，水哥还有另一个感觉，就是Lolita的肢体很柔软，富有青春的弹性，容易引发许多美好的想象……

这时候，一个温柔的声音响起：“Water哥，够了没？”

水哥吓了一跳，赶紧松手，差点把Lolita扔到了地上，幸好她反应敏捷，勉强站稳了。

水哥连忙道歉，Lolita没有计较，“怎么样，我的体重不像是山寨版的吧？”

水哥点点头：“没错，你肯定是原版，接下来好办了……对了，你要不要抱一下我试试？不怕我也是山寨版吗？”

Lolita摆摆手说：“如果重量真的是区分你所说的山寨和正版的关键，而你又是山寨版，那还怎么会告诉我这一点……”又微微一笑，“就算你是原版的，我也抱不动啊。”

Lolita逻辑严密，说得好有道理，水哥竟无法反驳。他尴尬地咳了两声，正准备理理头绪，把桑塔纳Shirley纸条、电梯小王惨死、自己目前所掌握的信息和分析，全都共享给Lolita，这时候，身后传来了脚步声。

水哥心里一惊，肯定是小王他们找过来了！

这边跟Lolita的话还没讲完，也没商量好要怎么结成攻守同盟，现在就被抓回去的话，万一小陈他们马上下手，那可就一点胜算都没了。

这么想着，水哥赶紧拉着 Lolita 的手，往车位墙角，一辆奔驰 MLK 车屁股后面躲去。这一次 Lolita 没有抵抗，乖乖地就跟了过去，和水哥一起蹲下了。

脚步声嗒嗒嗒地越来越近，水哥紧张得大气都不敢喘。电视剧里就算一百公斤的大汉随便躲在电灯柱后面也不会被发现，现实世界可不是这样的。要是躲在这里被发现了，该怎么解释呢，难道说两个人一起在一边聊天，一边“撇大条”？

脚步声在很近的地方停住了，小王的声音响了起来：“哎吔？刚才明明往这边走的。”

Shirley 说话比以前更嗲：“对呀，我也看见的。你说他们会不会也是在……毕竟那么久没见了。”

小王却不这么认为，“不，他要是敢动四鸡一下，小魏不会放过他的。”

小王说完，两个人发出了意味不明的暧昧笑声。

水哥和 Lolita 面面相觑，看来两人都是一头雾水。水哥和 Lolita 在工作室里每天都会碰面，怎么能说那么久没见？还有小魏又是谁，或者他们说的是“校尉”，古代的军官，那应该是指小陈吧？

水哥高中读的文科班，依稀记得在秦汉的时候，校尉是中级军官，能管几千个兵，相当于现在的团长。小陈在他印象里就是个保安，手里除了电筒就是根撬棍，怎么突然就变成了团长？“四鸡”又是个什么东西，难道指的是 Lolita？

还有，听小王说的，Lolita 是校尉小陈的女人，所以水哥碰了她的话，小陈就会对他不客气？

这都什么跟什么啊？还没等水哥和 Lolita 想清楚，Shirley 又用那种嗲得出汁的声音说："不管他们，我们再来一次吧。"

这句话就很好理解了，一对狗男女没完没了起来。

水哥吞了口口水，心里有点紧张又有点期待，看一眼 Lolita，她低着头不知道在想什么。

水哥不禁有些疑惑，山寨版的真实构成是什么，为什么也具有和人类一样的功能？

水哥和 Lolita 就这样静静地蹲在角落里被迫听床。在这样的环境里，人类最基本的欲望很容易就被唤起，当水哥和 Lolita 互相看着对方时，才发现两人的手已经紧紧牵在了一起。

Lolita 小嘴微张，眼神有点迷离。

这个时候，不凑过去的男人都是大笨蛋。

就在两人的嘴唇只差零点几厘米的时候，突然，响起了一阵歌声。

简单爱你心所爱

世界也变得大了起来

所有花都为你开

所有景物也为了你安排

伍佰的《再度重相逢》高潮部分。水哥一下子蒙了，这是他的闹钟铃声，每天早上九点半准时响起，就算把手机关机了也一样会响。

所以，这阵声音当然是从他裤兜里传出来的。

水哥手忙脚乱地去掏手机，Lolita 在一旁干着急，曾经蹲着这么尝试的，都知道这个动作难度系数有多高。

我们是如此的不同

肯定前世就已经相爱过

讲好了这一辈子

再度重相逢

伍佰的歌声，在空旷的地库里回荡，就算狗男女再怎么投入，也不可能没听见。

果然，小王停止了动作，大声说：“谁？”

水哥终于把手机掏了出来，滑动把闹铃关了，同时心里闪过一丝疑惑——下了地库之后，计时仪器的时间都已经停止了，手机闹铃为什么还会响呢？

目前的情况，已经不允许他考虑太多，Shirley 气息还没恢复正常，却给小王指出了方向，“好像在那边。”

第六章

各怀心思

一阵窸窸窣窣的拉拉链、穿衣服的声音，然后脚步声又响了起来，还有条手电筒光柱也往这边照。

形势万分紧急，如果让他们看到自己和 Lolita 蹲在这里，鬼鬼祟祟地偷听他们讲话和做那羞羞事，一定会加快下毒手的节奏。

这个时候，没时间想太多。

水哥当机立断，右手伸过去抱住 Lolita 的腰，低声说了句："对不起。"

他自己身体向前，带着 Lolita 一起往下倒，然后整个人压到 Lolita 身上。做戏要做全套，与此同时，一只手还往 Lolita 裙子里伸去。

Lolita 完全躺倒在地上，身体被压住动弹不得，双腿下意识地夹紧，圆睁着眼睛，"你……"

怕她大叫，水哥赶紧封住她的嘴巴，用的当然是自己的嘴巴。

刚完成了这个推倒动作，一双美特斯邦威和一双靴子，前后脚走到了水哥眼前。

手电筒的光柱，就照在离水哥脸十厘米的地上。

Shirley 的声音顺着光柱一起下来："你们……"

然后是小王标志性的笑声："哈哈哈哈哈哈，你们在搞啥子嘛！"

水哥赶紧把手从 Lolita 裙子里拿出来，装出一副不爽的样子，"只准你们搞，不准我们搞吗？"

Lolita 知道了水哥的用意，却也没办法加入一起来演，把脸扭到一边，眼睛紧紧闭上。不过就她这个样子，反而让小王和 Shirley 相信，他们也是在这里做羞羞的事情。

狗男女相视一笑，眼神里似乎有特别的含义。

然后 Shirley 嗲嗲地说："你们缓一缓啦，大把时间……"

小王接腔道："嗯，水队长，校……小陈在等我们回去呢，先走吧。"

水哥假装生气，嚷道："走就走，你们别瞪着啊，我裤子都脱了，你们想看着我穿啊？"

Shirley 牵着小王，扭着腰走了，但也没走远。

水哥刚才急中生智，演戏的时候全身都在紧张状态，到这时才松了一口气，感觉浑身无力。

几秒之后，他才意识到 Lolita 还在冰凉的地上躺着，赶紧弯下腰，尝试把她拉起来。

Lolita 这时已经睁开了眼睛，一直看着水哥。不知道 Lolita 会不会顺势给他一巴掌，只求别打得那么响，不要让小王他们听见就好。

出乎他的意料，Lolita 似乎没有生气。她很配合地伸出手，让水哥把她拉了起来，再低头拍拍身上的尘土。

水哥被呛得差点咳嗽，地上那么脏，刚才就这样把一个漂亮妹子推倒，就算是他也会觉得不好意思，“Lolita，对不起，刚才……”

Lolita 抬起头来，一句话都不说，很严肃地盯着水哥，这让他非常紧张。突然，Lolita 扑哧一声笑了：“好啦，我懂你的意思，刚才也是没办法。”

水哥还在提防着那个巴掌，一下子反应不过来。

Lolita 又压低了音量：“你还挺机智的嘛。”

水哥终于领悟过来，Lolita 并没有怪罪自己。这个长腿妹子不但聪明，而且在这样的情况下，还能冷静地判断形势，作为一个美术妹子，实在是难能可贵。这也让水哥对正版同盟对抗山寨版的胜算，多了一点点信心。

不过，给小王和 Shirley 那么一搞，原来要跟 Lolita 分享的信息，就全都没说出去。

小王在那边催促：“水队长，你啷个那么久嘛！”

水哥皱着眉头对 Lolita 说：“纸条你收好，等有机会我慢慢跟你说……”

Lolita 却摆了摆手，“之前的事情就不用讲了，我相信 Water 哥的分析。接下来，只要告诉我怎么做就好。”她那爽朗的一笑，仿佛冲破雾气的一道阳光，“我都听你的。”

看到 Lolita 脸上的笑，水哥感觉心都快要化了，如果不是脑海里残存的女朋友形象在提醒他，简直马上就要求 Lolita 跟他在一起。

Lolita 伸过手来，在水哥的手心捏了一下，两人相视一笑，走了出去。

两个人内部的问题是解决了，但外部仍然面临着巨大的挑战。一男一女两个原版和两男一女的山寨版之间，武力值的差距客观存在，在杀人的觉悟上面，原版更不是山寨版的对手。

而就算搞定了三个山寨版，该怎么冲出这个地库，水哥也毫无头绪。

事到如今，也只好见机行事了。

水哥和 Lolita 跟在狗男女后面，四个人一路走一路聊，水哥夸小王年轻身体好，小王说水队长也不错嘛，像是一对刚开房回来，交流用户体验的好兄弟。

Shirley 已经明目张胆拉着小王的手，而 Lolita 和水哥并肩走着，没有说话。

四个人走回几辆车围成的大本营，小陈迎了上来，开口问道："终于回来了！电梯那儿能爬出去吗？"

Shirley 朝小陈点点头，对方马上移开视线，这应该是在示意，说小王已经成功被替换了。

山寨版的小王摇摇头，"不行的嘛，里面又是穿越来穿越去的。"

水哥心想，既然你们还在演，说明总决战时间还没到，那就陪你们演下去，于是叹了口气说："嗯，我跟小王试了，确实不行。从双层梯的通风口爬上去，结果……"脑海里浮现出小王被切得只剩几片肉的画面，忙压住恶心说，"结果，又从单层梯那一边下来了，说明里面是个互通的时空缝隙，就和车道斜坡一样。"

小陈沉默了一会儿说："水队长，按照你之前的分析，车道斜坡、电梯通风口我们都试过了，那只剩下楼梯的消防门这一条路了。"

水哥点点头，确实，小陈说得没错。但自己建议的电梯已经把小王害死了，这个小陈主动提议的消防门……又隐藏着什么危险呢?

Shirley 摊开双手，"水队长，我们该怎么办？"

水哥看了一眼 Lolita，再看看面前的三个山寨版，深吸了一口气说："小陈说得对，车道斜坡和电梯通风口，我们都验证过了，都走不出去。而且小王还死……"他发觉说错话，赶紧往回圆，"还死沉死沉的，骑在我肩膀上可累了。"

小王嘿嘿地笑："我沉个锤子，整个厨房我最瘦啦。"

水哥松了口气，继续往下说："消防门那边，按道理来讲就已经出了地下车库了，门打开外面就是一层的大堂。不过，我和小陈上去看过，门虽然没上锁，但就是打不开。"

小陈举起手里的红色撬棍，"我们试试这个。"

水哥皱起眉头，"光有撬棍还不够，小陈，我们推过那门，后面估计有东西封住了。我的建议是这样，大家先休息一下，吃点东西，然后我们去搜集工具……"

小王插嘴道："工具，这停车场里还有个锤子的工具？"

水哥哈哈一笑："你说对了，就是锤子工具。"他转过身去，指着地库里视野范围内散落着的几辆车，"这些车就是我们的工具库，大家搜集一下，重点关注越野车，把上面的铲子、铁锹、锤子什么的通通都拿出来。楼梯上面那个白色消防门，看上去也不是特别结实，如果实在撬不开……”他又握紧拳头做了个手势，“我们就暴力破解，至于门后还有什么，水泥墙、石墙、土墙，不管什么墙，我们都轮流挖。”

水哥的计划是这样，等下再安排自己和 Lolita 一组，搜集工具的同时，可以拖延时间，也能商量一个作战计划。

这时候，Lolita 也提出了她的问题：“可是，这些车都锁住了，我们又没有钥匙。”

水哥指着大本营的围墙——她的甲壳虫和 Shirley 的凯迪拉克说：“你们车上都有小型的灭火器，带上，砸车窗玻璃方便。”

对于这个计划，Lolita 当然是举双手赞成，那三个山寨版互相看看，也同意了水哥的安排。

砸车窗玻璃可是个体力活，出发之前，水哥让大家都先吃点东西，休息一下，补充体力。

他带着 Lolita 走进大本营，示意她看铺在地上的纸板。他们睡的纸板几乎没什么痕迹，而 Shirley 睡的却现出了一个较为明显的人形。

Lolita 捏了捏水哥的手心，没有说什么。

小陈不知道从哪里翻出来一个电热水壶，所以水哥就拿了五盒方便面，人手一盒，排队煮水、泡面。

也不知道从此往后，还能活着吃多少顿饭，所以水哥奢侈了一把，每人还配了根火腿肠。

水煮开了，Lolita 第一个泡，然后是 Shirley、小王、水哥，小陈说他不饿，只是拿了瓶矿泉水。印象中，水哥从来没见过他吃东西，不过 Shirley 和小王倒是吃得挺香的，跟正常人没什么区别。

看着别人的方便面加水、冒出阵阵香气，而自己的水还没煮开，简直是人生最大的折磨之一。

等到终于泡好吃完，一碗热得烫嘴的方便面下肚，即使在这冷飕飕、黑漆漆的地库里，也让人重拾起面对惨淡境遇的勇气。

当然，这里说的是正常人，包括 Lolita 和水哥。至于小王和 Shirley 是怎么想的，他们还有没有味觉，有没有胃里填满食物的幸福感，这点水哥不得而知。

吃饱饭又聊了一会儿天，到了要出发的时候，按照水哥的计划，还是让小陈守在大本营，小王和 Shirley 一组，Lolita 和自己一组。谁知道，这次小陈却不同意了。

小陈摇摇头说："女孩子没有力气，跟着去也没用。我看还是让两个女孩子在这里守着，水队长、我、小王，刚好从负一到负三层，每人负责一层吧。"

小王猛地点头："这样好！快一点。"

水哥有点犹豫，他当然反对这样的安排，谁知道 Shirley 会对 Lolita 做什么呢，说不定等他搜集完工具回来，Lolita 也变成了能把纸板压出痕迹的山寨版。他刚答应要对得起她的，如果真出了什么事，自己就算能出去，要胖二十五公斤还要"不能人道"，惨烈的程度不比死在地库差多少。

但是，如果这时候表示强烈反对，小陈他们也会怀疑，他们杀人然后替换的事情败露了吧？

水哥把眼神投向 Lolita，她应该也想到了这一点，于是接过水哥的眼神，点点头，似乎是在说不用担心，她会保护自己。

小陈在一边催促：“水队长，你觉得怎么样？”

水哥想了一下，嘿嘿笑道：“小陈说得不错，那就这样分工。我负一层，你负二层，小王负三层。虽然大家的时间都不走了，但自己估算着时间，找到了什么工具，就先放回大本营里，如果什么都没找到，也一定要回来集合。”

小王和小陈都表示没意见，水哥松了口气，又看着 Lolita 跟 Shirley 说：“你们两个妹子一起，也相互有个照应。如果遇到什么事情，比如说这地库里除了我们五个，真的还有别人，那你们就大声叫。我就在负一层，两分钟内一定可以跑回来。”

Lolita 点点头，“水哥，我知道了。”

Shirley 揽着她的肩膀，嗲嗲地说：“好了啦，水队长，我会帮你照顾好……”

她说到一半，像是上课开小差，班主任走了过来，突然就低下头不说了。水哥转过身一看，原来小陈正盯着 Shirley。那个眼神不像是一个物业保安看着楼里上班的白领，而像是一个严厉的上级盯着下级。

水哥想起了小王和 Shirley 说的那个词——校尉。

慢着，小陈为什么在这个节点老虎发威，难道说，Lolita 真的是他的女人？

那这样的话，这地库五人小组，Lolita 和小陈是一对，Shirley 和小王是一对，只剩自己孤家寡人，这样的分配也太亏了吧！

水哥摇摇头，现在不是想这些的时候。

小王莫名其妙地看着他，“水队长，你在想啥子嘛？”

水哥尴尬地一笑：“没事，我在发愁能不能找到足够的工具。那什么，出发吧！”

小王振臂高呼：“好！”

Shirley 嗲嗲地握拳，“加油哦，我等你……们回来。”

Lolita 看着水哥点了点头，小陈则面无表情地收拾着手里的工具。水哥望了他一眼，补充道：“记得，实在找不到工具，也一定要回来啊。”

于是，水哥、小陈、小王三人分别从甲壳虫、凯迪拉克 CTS、小型冷藏车上面拿出红色的灭火器，准备出发。Shirley 玩着 Lolita 的手，站在大本营门口，跟男人们挥手告别。

这种感觉，有点像几万年前的原始时代，男人出去打猎，而女人留在洞里。

小王和小陈一起向消防楼梯走去，水哥看着他们进了楼梯间，自己这才走向负一层车库的另一边。按照他的想法，Shirley 虽然是山寨版，但毕竟是女的山寨版，战斗力应该有削弱。而且，小王是被电梯外面的黑雾吞噬的，Shirley 在桑塔纳里估计也是一样。虽然不知道山寨版们为什么不直接用武力攻击，但目前的信息说明，他们更多是依靠阴谋。

而且，Lolita 跟之前的原版小王、Shirley 不同，已经留了个心眼，知道提防山寨版。按道理，就算 Shirley 要害 Lolita，也不是一下子就能得手的事情。

所以，水哥把搜索范围先放在最外圈，由外到内地搜，这样到了 Shirley 要下手的时候，自己也离大本营很近了，马上能赶回去支援。同时，他也会留意消防楼梯的出口，如果小陈和小王上来了，他也要假装过去看找到了什么工具，一起回大本营。这样，就能确保 Lolita 不会双拳难敌四手。

考虑完这些，水哥已经走到了车库最东边的尽头。这里远离电梯间，所以更加空旷，目力所及只有几个黑乎乎的影子，目测是一辆家用的日系 SUV、一辆商务车，还有两辆三厢轿车摆在一起。

水哥掂掂手里血红的灭火器，就先从两辆轿车下手吧。虽然说起来简单，真要徒手用硬物砸碎车玻璃，没试过还是不知道难易。

不过，这应该难不倒“健身狗”。

水哥向轿车走去，路过商务车的时候，突然发现，在它的灯光阴影下面，跟墙壁夹起来的地方，还停着一辆车。

虽然灯光昏暗，细节看不清楚，但光凭这个熟悉的外形，水哥就能认出来。

那是一辆 Mini Cooper。

水哥心里一哆嗦，不会这么邪门吧?

Mini cooper 乡下佬是款挺小众的汽车，保有量不多，就水哥所知，整个公司只有两辆。一辆是他的墨绿色的，还有一辆大红色的是一个行政妹子开的。

而眼前这辆车，明显不是大红色的，在昏暗的灯光下，不是黑色就是墨绿色。

Mini cooper 的车牌藏在阴影里，但是露出来的一点号码边缘，跟水哥所熟悉的那一个并不矛盾。也就是说，眼前这辆车是自己那辆的可能性很大。

水哥回想起之前，他把自己那辆墨绿色的 Mini Cooper 停在负一层车库外的斜坡上，跟小陈上了一趟楼梯，回来的时候车就不见了。下一次见到那辆车的时候，它被停在负三层，变成一辆报废车。

如今，它怎么又会再次出现在这里？在这个诡异的地库里，他的 Mini Cooper 学会了分身？

虽然刚才看见它变成报废车的时候，水哥心里很期望它能变回原来的样子再度出现。可如今，自己的 Mini Cooper 真的如他所愿，再次出现在眼前，水哥又觉得有点害怕了。

报废的 Mini Cooper 上放着半截碎了的兵马俑，这辆重新出现的 Mini Cooper，上面会放着什么样的东西呢？

水哥深吸了一口气，打开了手中的电筒，向那辆 Mini Cooper 照了过去。

揭晓答案的时间到了。

车牌、车漆颜色、车尾厢自己贴上去的 WATER 这五个金属字，毫无疑问，这就是他丢失的那辆 Mini Cooper。

眼前的这辆车，在手电筒的光柱下，反射着妖冶的墨绿色光芒。

它就这样静静地趴在那里，头朝里，尾向外，像是藏了一肚子秘密的钢铁小怪兽。

不知道负三层那辆报废的 Mini Cooper 还在不在，但现在水哥面前的这辆，却是一副保养良好的样子，跟他记忆中的那辆爱车一模一样，就好像是一分钟前刚拔下钥匙熄火的。

水哥站在车窗外，打着电筒往里照，后排座位上放着两件外套，还有一个 IBM 的电脑包。钥匙插在方向盘旁边的钥匙孔里，随身的小挎包放在副驾驶的座位上。总而言之，就像是有个好心人，把车从车库门口开进来，停好，按照原样留给水哥。

甚至，水哥心里冒出了一个想法，是他自己记错了，本来就是把车停这里的？

不对，如果这样的话，小陈也会提醒他的。

除非，这里说的水哥，指的是另外一个自己。

水哥看着副驾驶上的小挎包，想起里面放着的烟斗和刚买的一盒烟草，突然烟瘾就发作了。

钥匙还在车上，果然车门一拉就开了。水哥把电筒夹在胳肢窝里，从驾驶座的位置探进去，弯腰从副驾驶上拿挎包。

突然，他发现在副驾驶座椅下的地垫上，有一个圆形的物体。从轮廓上看，是一个……

人头！

水哥吓了一跳，猛地直起身来，咚一声撞到了门上，电筒也掉到了车里。在一片头晕眼花和黑漆漆中，他的脑袋快速转动。自己的车上有个人头，会是谁的头呢？原版的小陈、Shirley……难道是电梯里被切掉了嘴唇、鼻子、额头的小王，通过那片鬼一样的黑雾，空间转移到了自己的车上？

水哥被自己的这个想法吓到了，背后一阵发凉，差点就要叫出声来。他紧张得胸口发闷，把 T 恤的领口扯开，这才感觉呼吸顺畅了些，又暗自嘱咐自己千万不能吓得叫起来，如果太大声的话，大本营的 Lolita 会听见的。

现在的状况下，一定要稳住自己，就算情绪崩溃，也不能让 Lolita 知道。水哥清楚，他是 Lolita 逃出这个地库的精神支柱，如果看到自己都不行了，那么 Lolita 肯定会失去信心，本来就艰巨的任务，就会完全失去可能。

像看到小王惨死后，从电梯出来恶心得作呕的那一幕，再也不能出现了。

所以，现在这个情况，还是由自己先来处理一下。

刚才只是匆匆一瞥，自己觉得像是个人头，说不定是别的东西呢，比如那辆报废 Mini Cooper 上面有个无头兵马俑，现在这辆上面的，说不定就是缺了的那个。

那个兵马俑的身躯，和自己的身材一模一样，水哥倒想看看，这个兵马俑的头是不是也和自己一模一样。

著名影星成龙也只能做成蜡像供人合照，只有真正的伟人才能被雕成塑像千古流传，这可是个一般人享受不到的高规格待遇呢。

就算是做最坏的打算，那真的是小王的头，也可以让 Lolita 先看下——铁证如山，Lolita 会更相信现在的小王是山寨版——然后再想个办法，把他的头给安葬好。

这么简单分析之后，水哥感觉冷静了下来，也没那么害怕了。他深吸了一口气，打开了倒车镜上面那个灯，又捡起车里的电筒，再次朝副驾驶座下面照去。

这一次他睁眼看仔细了，果然是个兵马俑的头！头颅是用脖子立在地垫上的，脸朝着车子的正前方，刚才惊慌之中没看清，现在电筒光照着，可以清晰辨识出，虽然上面也有头发，但是形状是一大绺一大绺的，明显不是真人那种一根根细发。

不过也蛮好玩，这雕出来的明显是长发，而不是水哥留了多年的板寸头。水哥弯腰下去，双手捧起那个兵马俑的头颅，挺沉的，他倒想看看，自己留长发的塑像会是什么样子。

水哥捧起那个兵马俑的头，转过来对着自己。瞬间，他就发现了有些不对劲。

这个头颅的面目不是自己，明显清秀和好看很多——那是个女人。

Lolita！

水哥的脑子一下有点乱了。

他猜了那么多可能性，还是没有把这正确的答案包含进去。怎么会是 Lolita 的头呢？不，怎么会是按照 Lolita 的头做成的雕像呢？这个雕像的材质，和报废 Mini Cooper 上的那几截身躯是一样的，明显是同一批产品。而看雕像的艺术风格，却跟水哥印象中的西安出土的兵马俑不太一致。不过也是，有谁见过女的兵马俑呢？

水哥深吸了一口气，双手托着这个兵马俑头的耳朵，把它放在 Mini Cooper 的顶篷上，小心翼翼地放好。然后，他用手电筒照着这个头，仔细地再看一遍。

这耳朵、鼻子、嘴巴、眼睛，确实跟 Lolita 一模一样，要说有哪里不同的话，无非就是脸稍微丰满了些。兵马俑头的五官做得栩栩如生，眼珠子虽然没有颜色，却是随时都会转动起来的样子，让水哥不敢盯着细看。

确认了这个是 Lolita 的头，水哥更加迷惑了。在负三层的报废 Mini Cooper 上，找到了按照自己仿制的兵马俑，缺了个头；在负一层又重新出现的 Mini Cooper 上却发现了按照 Lolita 雕刻的兵马俑的头，没有发现与之配套的身子。这里面有什么联系吗？怎么都想不通，但又觉得似乎两者之间隐隐有着什么联系。

就在水哥挠破头的时候，突然间，消防楼梯那边传来一阵脚步声。然后是小王的标志性大笑："哈哈哈哈，水队长你在哪儿？我们找到啦！够啦！"

水哥一下乱了方寸，小王说的是"我们"，看来是跟小陈一起回来的。他们找到了工具，要往大本营跑去了，三个山寨货一起对 Lolita 下手，那她是必死无疑。

而在自己这一边，水哥可不想刚发现的 Mini Cooper 和 Lolita 的头，让那些山寨货知道。虽然没有理清思路，但他隐隐觉得，找出这里面隐藏的线索，就是逃离这个地库的关键所在。

水哥努力让自己冷静下来，想好了对策，然后大喊一声："好！我这就过去！"

他以最快的速度，打开 Mini Cooper 的后厢，把 Lolita 的头藏在那个矿泉水的纸箱里。然后，他又重回驾驶室，拔下了车钥匙，关上车门。

跑了两步，水哥又一个急刹车回到车旁，再次打开车门，恶狗扑屎一样从挎包里搜出烟斗、烟草和打火机，胡乱塞进裤兜里，然后转身朝大本营那边跑去。

一路上，烟斗、打火机、车钥匙在水哥裤兜里蹦来蹦去，反而让他有了种安全感。女人的安全感可能来自鞋子和包包，男人的安全感，经常是依靠香烟、钥匙、钱包。

水哥跑到大本营的时候，小陈和小王都已经回来了，四个人正站在那辆甲壳虫旁边。Lolita 远远就看见他过来，给了水哥一个眼神，像是跟他说一切都好。

水哥收到了她的眼神，点了点头，心里的一块石头也落了地。这证明自己的判断是正确的，山寨版害人需要一定的时间和条件，比如说一个相对封闭的空间，像电梯通风口、桑塔纳尾厢，然后用黑雾来杀人。

当然也存在一个比较小的可能性，那就是现在的 Lolita 其实是山寨版。不过这个很好验证，等下趁别人不注意，抱抱她就是了。

小王的笑声打断了水哥的推理："哈哈哈哈，水队长，看我们都找到了啥子。"

水哥这才注意到，在四个人中间的地上，杂七杂八放着一大堆工具。

最引人注目的是其中一个东西，连水哥也不禁喊了起来："锤子？"

小王这个"二货"狂笑道："哈哈哈哈，锤子，就是锤子嘛！"地上的这根锤子，不是普通的家庭工具箱里面的小锤子，砸个核桃都费力的那种，而是一根大锤，木质的锤柄又粗又硬，起码有一米长，锈迹斑斑的锤头有水哥上臂那么大，看上去至少十公斤。

这家伙，别说敲那层薄薄的消防门，就算承重墙也能敲出个洞来。

除了这根大锤子，其他杂七杂八的工具还有防身用的甩棍、一把没开锋的工艺斧、一把瓦刀、两柄小锤子，不过这些和那大锤子比起来都是渣渣了。

水哥转过去问小陈：“你们从哪里弄来的这家伙？”

小陈低着头不看他，“负三层，有一辆装修队的车。”

有了这些工具，五个人的地库小分队，转眼变身成为拆迁小分队了。

Shirley 用胸夹着小王的手臂，嗲嗲地说：“你们好棒哦！”

小王嘿嘿笑：“水队长，我们赶紧去把那啥子消防门砸烂出去吧！”

水哥还想拖延一点时间，“不再歇下？”

小陈摇了摇头，“水队长，我们不是刚歇完吗？”

小王附和说：“对啊，要抓紧了，不然时间赶不……”

小陈瞪了他一眼，小王赶紧把剩下的话吞回肚子里。这两个人的动作，都被水哥看在眼里。山寨版们看来是要赶在一个时间节点，来实施一个什么计划。虽然从目前的情况看来，拖延下去对自己有好处，但水哥实在找不出什么借口了，不如按照他们说的，先去把消防门砸开了，然后随机应变吧。

反正地库这鬼地方，再待下去就算不被山寨版弄死，也会压抑得疯掉。

水哥心里默默盘算着，按照之前的经验，只要小心保护好 Lolita 和自己，不要进入一个相对封闭的空间就好。

这么想着，水哥决定了，便宣布说：“好，既然大家的情绪那么高涨，就趁现在，我们去砸门！”

小王和 Shirley 欢呼雀跃，小陈默默不说话，水哥看着 Lolita，两人交换了个互相安慰的眼神。

还没等水哥分配工具，小王弯下腰去，自告奋勇地拿起那根大锤就往肩上扛，然后转身就走。看着那根锤子感觉比小王还高，但他那么单薄的身子，竟然扛着走得一阵风似的。

看来变成了山寨版，体质也会发生变化，武力值相应地增加了不少，连小王这个小萝卜头都变得如此生猛，小陈一看就身强力壮，打起来肯定吓死人。

水哥撇了撇嘴，心中更加坚定了以斗智为主要斗争手段的方针。

水哥叫住小王，要他先回来等等，然后他让 Lolita 从车上拿出她打网球时，用来装球拍和衣物的运动桶包，把里面的东西清了出来，接着水哥又从面包车上拿了几瓶水和饮料，还有面包、巧克力、薯片，塞进包里。

拆门可是个体力活，而且根据之前和小陈推消防门的感觉，门后面是被什么结实的东西堵住了。如果是水泥墙的话，那要砸个洞更是消耗不少体力，所以得带上这些补充能量的食物。

这次是去暴力拆迁，再留下小陈这样的壮劳力来守大本营，确实也说不过去。水哥只好安排 Shirley 在这里待着，还假装交代她遇到危险就要大叫。Shirley 一副不情愿的样子，好像一分钟也不想跟小王分开。小王倒是没心没肺的，“哈哈哈，佘里你等等，我们拆好门就回来！”

水哥的想法是，无论如何也要把山寨版留下一个，这样场上山寨和原版的队员比例是二比二，最起码在数量上是对等的。

安排好这些，水哥背着 Lolita 的运动桶包，拿着一根甩棍，小王扛着那一根大铁锤，小陈手上是红色撬棍和几把锤子、螺丝刀。水哥把那把没开锋的工艺斧分配给 Lolita，这东西拿着轻，真要和山寨版打起来，也有点杀伤力。只要她像球场底线大力击球那样，用力朝对方劈过去就行。

就这样，拆迁小分队告别了依依不舍的 Shirley，由活蹦乱跳像去春游的“二货”小王带头，朝着消防楼梯那边走去。

一路上，水哥和 Lolita 并肩走着，Lolita 悄悄捏了下他的手心，两人却不敢说些什么。

楼梯间的感应灯是黄色的，光线暗淡，四人拾级而上，走到两条楼梯间的平台时，水哥向上张望，跟上次一样，在楼梯上并没有那可怕的黑雾，两扇白色的消防门，就在目力可及的地方。

小王兴高采烈地往楼梯上爬，走到消防门前，咚的一声把锤子放下。小陈紧随其后。水哥拉了一把 Lolita，也上了楼梯，站在消防门前的水泥地上。

跟上次一样，理论上，这里的海拔高度，已经超出了地下车库的范围，在这两扇消防门，还有四周的水泥墙后面，就是一楼的大堂。这栋写字楼就在深圳最宽的马路旁，傍晚时会有讨厌的太阳光西晒，但在车库里待了那么久的水哥，是多么期望在夕阳下被晒成一条咸鱼。

所以，现在的问题是，要怎么打开这道消防门。

水哥把运动桶包也放在地上，抬起头时，却看见小王抡圆了大铁锤，就要往门上砸。

“别！”

这个字和小王的铁锤同时甩了出去，砰的一声巨响，铁锤砸到了消防门上，又以同样快的速度反弹了回来。小王被铁锤带得一个踉跄，像扔铅球一样转着圈，铁锤眼看就要砸到身后的 Lolita 肩膀上。

Lolita 一声惊呼，水哥来不及反应，旁边的小陈眼明手快，一把抓过 Lolita，险险避过了铁锤。

小王自体旋转了二百四十度，铁锤砸到了旁边的水泥墙上，他吃不住力倒在地上，发出一声沉闷的声音，比铁锤砸在墙上还响，像是一座假山倒地。

“没事吧？”

水哥和小陈同时出声，关心的对象却都是 Lolita，没人去理像狗吃屎一样趴在地上的小王。

Lolita 用手捂着胸口，惊魂未定地说：“没……没事。”

这时候，Lolita 还靠在小陈的怀里，体形比、身高差都非常科学，看上去倒是一对天造地设的情侣。

水哥皱起了眉头，难道真的像小王跟 Shirley 说的那样，Lolita 这个什么“四鸡”，和校尉小陈是一对？

小陈放开了 Lolita，转身去观察被小王砸了一锤的消防门，“水队长，你过来看看。”

听小陈这么说，水哥和 Lolita 都走了上去，小王这么摔了一跤也没事，爬起来也往前凑。

小陈用手电筒照着消防门，在光柱下，刚才铁锤砸出来的坑清晰可见。消防门是两层的钢化塑料之类的材质，硬度并不高，被铁锤砸出了一个坑。

这个圆形的坑比铁锤面略大，可以看出小王的力道很猛，坑周围的消防门都被砸扁了，渣渣掉到了地上，坑中间更是露出了手表盘面那么大的一个洞。洞后面黑漆漆的，不知道是啥。

水哥伸出手去，把坑周围的碎屑也扯了下来，洞口就越来越大，渐渐有拳头大小。

小陈用电筒照了过去，四个人围在洞口旁边，脸挨着脸往外看。水哥皱眉看了一会儿，然后和 Lolita 面面相觑，异口同声说：“这是……”

能把铁锤像刚才那样反弹回去，消防门后一定是有坚硬的物体，这一点水哥刚才也想到了。

但是，门外面的这个物体，却不是水泥墙，更不是泥土或石块，而是青色的一块，在手电筒的灯光下反射着金属的光芒，仔细看的话，还会发现金属上有着规律的花纹。总之，明显不是自然的存在，而是人类创造的物品。

小王伸手就往那个坑里摸，“哇噻，这是啥子嘛，好凉哟。”

水哥拨开他的手，自己也伸进坑里，抚摩着金属上的花纹。这种触感很特别，不像是现代的铁和钢等金属。

一个词突然浮现在水哥脑海里，又从他嘴巴里蹦出来：“青铜。”

说完这两个字，水哥自己也愣了。在他的认知里，青铜顶多就是在电视里或博物馆看过，都隔着一层玻璃。至于用手去触摸，那是绝对没有的体验。但就在此时，他忽然对眼前的青铜有了一种非常熟悉的感觉，似乎自己以前不但摸过，而且摸了很多次。

小陈转过来看着他，脸上浮现起一种赞许的表情。

水哥继续在坑的四周摸索，手指能到达的地方，都是同样的青铜触感。有可能在这两扇消防门的后面，都是这青铜铸成的门或墙。

他把手拿出来，退后两步，看着这消防门。这门是向外推的，现在外面被堵住了，就算把锁砸烂也开不了。而如果像刚才一样，让小王把整个门砸烂，就算他是山寨版，体力受得了，水哥和 Lolita 两个原版的耳朵也受不了。

水哥一拍脑袋，“卸掉！”

Lolita 不太懂他的意思，重复道：“卸掉？”

水哥走到消防门旁边，指着门与墙壁结合处的转轴，“对，卸掉。我们怎么那么笨，还想着把门敲烂，只要把上面、下面这两个转轴拆掉，就能把整扇门卸下来了。小陈，你不是有螺丝刀吗？”

小王哈哈笑道：“水队长，还是你聪明！”

水哥问小陈要螺丝刀，小陈没交给他，倒是自己上去就开干了。虽然门是关着的，转轴的螺丝夹在门缝和墙壁之间拧不到，但是山寨版的力气估计都很大，只见小陈用螺丝刀撬进转轴里，再用铁锤敲，没几下子就把一个转轴给敲得松动了。

找到方法后，解决问题就不难了。不到十分钟，小陈就把两扇消防门都卸了下来。

这一刻，Lolita 忍不住哇了一声。

水哥退后好几步，走到楼梯的边缘，仔细观察这消防门背后的东西，正如同他猜想的那样，后面全都是由青铜铸成的墙……

就算不是墙，这也不是一道门，因为没发现有门缝。在小王和小陈的手电筒照耀下，出现在眼前的是这样的东西：青铜铸成的、闪着金属光芒的一道墙，露出了消防门门洞那么大的一块，不知道四周还有多大的面积。

在整块墙壁上，都有着精美的花纹，还篆刻着一些看不懂的文字。而最引人注目的，是在青铜墙的正中间，原本消防门门锁的位置，有一个同样由青铜铸成、凸起的怪兽的头，有平底锅那么大，张着血盆大口，嗓子眼里黑乎乎的，看上去十分狰狞。

另一个词，又毫无缘由地从水哥嘴巴里蹦出："饕餮。"

小陈微微一笑："你又认错了，这不是饕餮，是貔貅。"

水哥皱起眉头，貔貅？认错了就认错了，为什么小陈说的是"又"？

Lolita好奇地问："淘铁？屁羞？我不知道，你们说的那是什么东西啊？"

水哥皱着眉头说："饕餮和貔貅都是古代传说中的怪兽，好像都是龙的儿子吧？我记得《山海经》还是什么经里说，这两种怪兽都特别能吃，所以我们现在叫吃货老饕。貔貅就更厉害了，据说这东西只有嘴巴，没有屁眼，光吃不拉，所以现在也有人喜欢买些各种材料雕的貔貅，说是只挣不花，聚财。"

Lolita撇撇嘴说："只有入口，没有出口……有点像这个地库呢，你看我们进来之后，不就出不去了吗？"她似乎被自己吓了一跳，四处打量着周围的墙壁，好像这就是貔貅的胃壁，已经在开始蠕动着，要把他们都消化掉。

水哥也倒吸了一口冷气，Lolita 说得还真有道理，难道说，这个地库就是怪兽貔貅的肚子？

小王哈哈笑道："你们在说啥子嘛！快来看看这个门怎么打开？"

水哥皱着眉头，"你怎么知道这是门？"

小王用手电筒在貔貅头部上下照着，"这还不简单，水队长你看，这里有门缝嘛！"

水哥凑上前去，仔细一看，果然在貔貅额头正中间往上、往下都有两条头发丝那么细的缝。看来，这果然是一道门，只是这可不比消防门，敲也敲不烂，更没有转轴可以拆，该怎么才能打开呢？

小王可没有想那么多，作为一个执行力超强的"二货"，他突然就过去了，把右手伸进那青铜貔貅的嘴巴里。

这样诡异的东西，一般都会有些机关，手伸进去被整个咬掉了都不好说。水哥下意识地喊道："别！"

"啊！"小王一声大叫，针扎似的把右手抽了回来，蜷曲成拳，"我的手指！"

水哥和 Lolita 都吓了一跳，赶紧围过去看，那"二货"却突然哈哈大笑，张开完好无损的五指嚷道："哈哈哈哈，骗你们的啦！"

刚才还是恐怖片的画风，突然就变成了无厘头电影，水哥一时有点转不过来，不由得脱口骂了小王一句："我去，你有病啊！"

Lolita 也拍着胸口，"吓死我了，不要开这种玩笑。"

小王还在那里哈哈哈笑着，根本停不下来。小陈走过去，弯下腰，仔细观察着那个青铜怪兽的头。

水哥也走过去，看看能不能琢磨出什么门道。这个怪兽不论是饕餮还是貔貅，总之嘴巴是够大的，占了整个头部的五分之一，并向前伸出，把眼睛、鼻子、耳朵、犄角什么的，都挤到后面去了。怪兽的血盆大口下，是一圈细密尖锐的牙齿，每一颗都只有小指的指甲片那么大，这么一圈倒有两三百颗之多。

小陈把手电筒往怪兽嘴巴里照去，那光柱却像被吞噬了一般。水哥皱起眉头，这种感觉好熟悉，难道说，怪兽嘴巴里也是斜坡和电梯的那种黑雾？

小陈右手拿着电筒，左手伸进怪兽嘴巴里，这个洞出乎意料地深，他整只左手都被吞没，肩膀都碰到怪兽的牙齿了，还没有摸到底。

水哥刚要问摸到什么没有，小陈咦了一声："这里有个机关。"

Lolita 在旁边问："什么机关？"

小陈摇摇头，"我说不来，水队长，你也来摸摸看。"

这里是消防楼梯的平台，不算是密闭空间，而且还有 Lolita 这个原版在，应该不会就这样被害死。

水哥这样想着，咬咬牙，撸起袖子，把右手伸了进去。这样子，他就和小陈两人肩并着肩，右手和小陈的左手碰在一起，他心里暗暗恶趣味地想着：两个大老爷们这么亲密，那感觉还挺怪异的。

这个洞确实很深，水哥的肩膀也碰到了怪兽的牙齿，尖尖的透过衣服都有些冷。他的五个手指在黑暗里不停摸索，却没有摸到小陈说的什么机关。

突然，他感觉到另一只手把他的右手握住了，十指紧扣，那只手孔武有力，掌心很暖和，明显是只男人的手。

只能是小陈。水哥心里有一种说不出来的腻味，就好像在健身房里被基佬摸屁股一般，正要提出抗议，突然间，右手手背一阵剧痛！

水哥大叫一声，手想往外面抽，却被小陈死死抓住。

没想到山寨版敢这样下毒手！

水哥手背上的感觉，像被一些很细很细的针扎了进去，又麻又痛，就像是文身时上颜色一样。诡异的是，这些针似乎是围成了硬币那么大一圈，在圆圈中间，还有又软又黏的东西，像是小动物的舌头在舔。

水哥这时和小陈并肩弯着腰，右手又被他紧紧抓着，想侧过身用左手打小陈，都使不上力。

Lolita 在一边紧张地看着，正当水哥想向她求救的时候，小陈却突然放手了，水哥一下没防备好，手猛地从怪兽嘴巴里抽出来，整个人踉跄退了几步，控制不住重心，差点摔到楼梯下面去。

他没来得及骂小陈，首先做的是把右手举起来，看手背上的伤痕。

奇怪的是，右手上竟然什么都没有，没有想象中的一圈出血口，连红点都没有。但那种尖锐的痛感却还在。

Lolita 拿起水哥的手，紧张地看了看，松了一口气，突然又生气地说：“你怎么也跟小王一样，开这种玩笑！”

水哥来不及跟她解释，想要拿过小王手上的电筒来看，突然之间，却听到一声响动。

声音是从青铜门后面传来的，不是什么金属机关，而像是……一条巨大的、浑身布满鳞片的鱼，在水里沉重地游动着。

哗啦，哗啦，然后一转身，又是哗啦哗啦的，声音渐行渐远。

水声消失了，水哥和 Lolita 正面面相觑，突然砰的一声，青铜门猛烈摇晃起来。

一时之间，整个消防通道里地动山摇，天花板上的水泥粉唰唰往下掉，好似强震来袭。

第七章

神秘异兽

青铜门以怪兽额头为中线，向两边缓慢移开，发出巨大而刺耳的声响。墙上的日光灯不停闪烁，随着青铜门打开，由于气压的差异，一阵风被吸引着向门里刮去，带着一些水泥粉尘。水哥甚至觉得自己都在被吸过去，扎了个马步才站稳，感觉真的像一只吞噬万物的巨兽。

Lolita 和水哥站在一起，不由自主地抱紧了他的手臂，水哥拍拍她的手，让她安心。

青铜门移动得很慢，三分钟后，才露出一人宽的缝，里面黑漆漆的什么都看不见。

门后面会是什么呢？水哥总结了在地库里的所见所闻，兵马俑、古代音乐，按照这样的规律，里面会不会是一个巨大的兵马俑坑？古墓的甬道？秦始皇的地下宫殿？还是干脆就穿越到了秦朝的战场?

或者说，有一个巨大的怪兽，会从里面扑出来把他们都吃掉?

这么想着，水哥也紧张起来，紧紧握住了 Lolita 的手。恐惧拽着他几次都差点转身狂跑下楼梯，但是在 Lolita 面前，他不能够认㞞，他要当好精神支柱。

小王和小陈倒是比较镇定，拿着手电筒朝着门里面照去，随着两条光柱的移动，隐约看见里面有一些物体，水哥皱眉仔细看，好像是……桌椅?

青铜门移到两人宽的时候，速度越来越慢，然后就停住不动了。现在这个门缝，只有原来一扇消防门的宽度。

地面和天花板也不再震动了，水哥观察了一会儿，看青铜门确实没有再动的迹象，这才向小王打了个手势，两人向着门边走去，扒着门缝向里面张望。

水哥眼前看见的东西，推翻了之前所有的想象。门背后不是兵马俑坑、甬道、地下宫殿，更不是露天战场，而是一个小小的正方形房间，面积撑死不过十平方米。

房间的正中央，摆放着一套桌椅，不是古代的几案，而是切切实实的桌椅——胶合板的电脑桌，加一张靠背椅。

一套现代的办公家具，就像最普通的公司里，每天上班都会看见的那种。

看着里面就是个房间，不像有什么机关，更藏不下吃人的怪兽，危险系数不太高的样子，水哥一边往里面走，一边交代 Lolita："你在外面等着。"

小陈和小王也跟在水哥后面，走进了这个小房间。水哥从小王手里拿过手电筒，正往电脑桌那边照去，突然间，四周响起了光管镇流器的嗡嗡声，然后天花板上闪烁了几下，整个房间就亮了起来。

水哥朝身后看去，小王正站在房间的角落里，手还摸在光管的开关上，“嘿嘿，这不是有灯嘛！”

水哥一阵无语。这房间里四面都是水泥墙，水泥的天花板、地板。在房间的正中央，摆了个电脑桌，然后还有简易的照明光管。如果不是那缩到一半的两扇青铜门还硬邦邦地戳在那里，谁都会觉得这是一间普通的毛坯房，是户型不好的房子里没有门窗的一个房间。

这个房间本身，实在没什么好研究的，唯一值得看的就是眼前的电脑桌。

虽然是电脑桌，上面却没有显示器，底下也没放着机箱什么的。桌面上干干净净，什么摆设都没有，甚至灰尘都没几颗，唯一的物品，是一本摊开的笔记本，还有搁在旁边的一根黑色水笔。

笔记本就是那种办公用的软皮抄，白底蓝线，摊开到三分之一的位置，上面还写着字。

难道，上面是逃出这个地库的线索？

水哥走到电脑桌后，拿起那个笔记本，就在当前的那一页看起来。上面写的字歪歪扭扭的，非常拙劣，像是小学没毕业的人写的。

小王和小陈也站到水哥身后，一起看着笔记本的内容。

“酒豉油麻油少许，油二大两，东（冬）菇五个，姜五片，蒜五办（瓣），鸡半只……”

凭着水哥对美食的研究，他看出来了，这根本不是什么逃生秘籍，而是做客家三杯鸡的烹调秘方。

而且，和歪歪扭扭的字迹互为印证，这里面的错别字，也说明了写字的人文化水平不高。

“我去，这什么玩意儿！”

水哥的希望落空，也不管两个山寨版在，有点怒了，把笔记本朝前面翻去。

在这页食谱前面，却被撕掉了一页，只剩下边缘的一点粘连在笔记本上。水哥刚要继续往前翻，突然间倒吸了一口冷气，肾上腺素像踩了地板油一样狂飙，整个人汗毛都要倒竖起来。

这页被撕剩的纸的边缘，和他印象中的另一张纸，刚好是吻合的。

那就是在桑塔纳的车尾厢里找到的那张。上面写着两行拼音，意思是不要相信保安，也不要相信我，落款是 Shirley。那个原版已经消失不见，山寨版被他分配去守大本营的 Shirley。

那张纸条，刚才拿给 Lolita 看后，就没再收回来，应该被她仔细收好了。不过，就算现在纸条在自己手上，有两个山寨版在后面盯着，水哥也不敢拿出来比对。

但是，他脑海里的印象，告诉他这没有错。同样的边缘，同样的白底蓝线，同样的黑色水笔字迹。

水哥断定，Shirley 留下的那张纸条，就是从这个笔记本上撕下来的！

小陈似乎看出了什么，在后面问道：“水队长，怎么了？”

水哥不想暴露自己，勉强镇定下来，掩饰道：“哈哈，没事，你说是谁写的字那么丑？”

他一边说着，一边继续往前翻。如果说之前的食谱，让水哥看不懂，那么接下来的内容，就更让他看不懂了。

是真的完全看不懂，一个字都看不懂。

因为，这一页密密麻麻的，写了有两三百个字，都是复杂的繁体字，不，都不是繁体字，而是类似甲骨文的古代文字。

水哥凭着脑海里残存的历史常识，觉得这个应该是……小篆。

慢着，为什么这些字都像是躺着的？水哥把手里的笔记本九十度翻转，这才看出来，原来这些小篆是按照古文的标准，竖排，从右到左写成的。

这些字排列整齐，虽然认不出来是什么字，但写得又工整又漂亮，还隐约有一股肃杀之气。

水哥差点把眉头都皱穿了，是什么人会拿着一支黑色水笔，在几元钱一本的软皮抄上，写下这一整页的小篆？

小王也发出了同样的疑问："写的啥子嘛！"

另一个声音却从身后传了过来："二年，始皇遣徐……"

是小陈的声音，说了这半句话，就戛然而止了。

水哥吓了一跳，回头去看，小陈脸上没有什么表情，就好像刚才那几个字不是他说的一样。

一个保安，连拼音都不懂，却认得出小篆！

水哥心里往下一沉，就像他之前推测的那样，山寨版都是从古代——确切地说，应该是秦朝来的人，至少带着秦朝的一些记忆。与此同时，山寨版也"复制"了原版在现代生活中的记忆，但是在"覆盖"的过程中，出现了一些数据上的冲突。

比如说，小陈突如其来的口音，之前水哥认为是“港台腔”，但现在想来，应该是秦朝的官话听起来就像闽南话，所以他的口音里带着一点秦朝官话的味道，听着像台湾人说的汉语。

看来，就像小王和 Shirley 说的那样，在小陈多出来的秦朝的记忆里，他是一个校尉，中高级的军官。

相差最大的是 Shirley 的山寨版和原版，性格整个都变了，从一个高冷的白富美，变成了可以跟打工厨师在地库里胡来的浪蹄子。

至于小王，他的语调、性格都和原版没有差别，但是包括站姿在内的整个精神面貌，却好像换了个人，隐约有一种杀气在里面。水哥猜测，在他的秦朝记忆里，一定是校尉小陈的下属，杀人如麻的下级军官。

而 Lolita 和自己，按照这个该死的地库的运行规律，都要变成山寨版。自己和 Lolita，在秦朝又会是什么样的身份和角色呢？

这笔记本上的小篆，应该记录了一些重要的信息，可惜自己看不懂，该怎么哄小陈把它全部读出来呢？

这么想着，突然之间，水哥觉得右手背刚才被针扎的那一圈，又开始剧痛起来。

有什么东西，正在往他手背的血管里钻。

水哥抬手一看，以为又是和刚才从怪兽嘴巴里抽出手来一样，只有痛感，视觉上却什么也看不出来。

但是，他又想错了。

在他右手手背的静脉血管里，有一条两厘米长的凸起，像小蠕虫或者太湖银鱼一样的东西，正在他血管里游动。

水哥心里大骇，手里的笔记本啪的一声掉到了电脑桌上。

他下意识地用左手食指、中指，去按住手背里那条怪虫，这时候它已经游到了桡骨的位置。手指按上去的时候，明显感受到了小虫在摆尾挣扎。水哥又用拇指按在小虫前面的一段血管，那怪虫就停在那里动弹不得了。

水哥松了一口气，要是让这怪虫继续往里面游，到了心脏里，估计自己也就挂了。

正这么想着，突然砰的一声，水哥觉得左边肋骨一阵剧痛，左手下意识地松开了。那怪虫如鱼得水，加之可能接下来的血管变宽了，这下游得飞快，哧溜一声就游到了接近肘关节的位置。

水哥夹住左肋，回头看去，肯定是小陈下的毒手，他现在却装出一副关切的样子，大喊一声："水队长，你怎么了？"

门外的Lolita听小陈这么喊，也不顾水哥刚才让她在外面等着，一下跑了进来，可是这时候，怪虫已经游到了肩膀的位置，被衣服覆盖住了，什么也看不出来。

水哥用手在身上乱摸，没办法再确定怪虫的具体位置，但像它这样的速度，肯定很快就会到心脏里了。到时候自己会怎么样？心脏被咬个大洞？七窍流血而死？还是变成丧尸？

水哥心里又着急又后悔，差点都要哭出来了。按照之前的判断，他只想着山寨版是靠密闭空间里的黑雾害人，没想到怪兽嘴巴里竟然也会有黑雾，还有寄生虫这样的生化武器，一不留神就能让人中招。

正这么胡思乱想着，突然之间，心脏部位传来一阵被啃噬的剧痛。水哥两手抓着胸口，一下子喘不过气来，眼前一黑，整个人就要瘫软下去。

小陈和 Lolita 一人扶住水哥一边，让他到靠背椅上坐下。小王在一旁叽叽喳喳地乱转，很兴奋地嚷着："干啥子嘛，干啥子嘛！"

看着水哥不省人事的样子，Lolita 心急如焚，忘了小陈是山寨版这回事，焦急地问："怎么办？要不要给他人工呼吸？"

可惜水哥没听到这句话，不然的话，就算装死也要装到 Lolita 亲上来为止。他失去意识的时间非常短暂，两三秒之后，心脏就恢复了跳动，痛楚也消失不见，慢慢睁开眼来。

水哥顾不上安慰 Lolita，醒来第一件事就是在胸口乱摸，然后扩大到前胸和后背。但是，浑身上下都摸遍了，却再没找到那条怪虫的凸起。看来，它是真的在自己的心脏里安营扎寨了。

水哥又摸着自己的心脏，它像往常一样有力地跳动着，除了因为刚才的惊吓而稍微加快了点，其他并没有什么不同。

Lolita 弯下腰来，摸着水哥的额头，关切地问："Water 哥，你怎么突然晕了，生病了吗？有没有发烧？"

水哥感激地抓住她的手腕，把她的手掌放在自己手掌里，"别担心，我没病，是刚才有只怪虫子，跑到我身体里去了。"

Lolita 皱着眉头，"虫子？什么虫子？我只听见小陈大喊一声，进来时你就晕倒了。"

水哥一时语塞，刚才那诡异的一幕发生时，Lolita 在青铜门外面等着，应该是没有看见。而身后的这两个山寨版，是肯定不会跟 Lolita 验证这回事的。

如果能证明给她看就好了。

水哥别的愿望都没能实现，但这一个却马上就成真了。

Lolita 突然把手从他手掌里抽出，后退两步，右手捂住嘴巴，左手指着水哥的脖子，脸上满是惊恐。

水哥用手摸去，在喉结左边的皮肤下面，有一条两厘米的凸起，正在快速地游走。

是刚才那条怪虫！

水哥想用手按住那怪虫，但脖子下的肉是软的，怪虫一下子就跑到里面，再也找不到痕迹了，但怪虫在身体里游动的感觉，却非常明显。

水哥站起身来，徒劳无功地捂着自己的脖子，感受到那怪虫从咽喉窜到了颈椎后面，然后钻到后脑勺，紧接着他就感觉到天旋地转。

水哥痛苦得五官变成一团抹布，感觉那怪虫已经钻到了脑子里，正在从后脑勺往眼睛方向游动。他甚至能感觉到，那怪虫长着一身细密的鳞片，它所游过的地方，一阵火辣辣的疼痛。

紧接着，是比刚才更可怕的痛楚！

那个怪虫，正张开它满是细齿、比例大得不像话的嘴巴，在啃噬着他脑子里的某个部分。一些旧的、内在的记忆消失了，随着怪虫合上嘴巴，用细齿紧紧咬着脑子的某个地方，一些新的、外来的记忆，正在源源不断地输入。

水哥张大了嘴巴却说不出话，感觉瞳孔都已经放大，额头上全是冷汗，腋下已经湿透，那种痛苦应该比传说中的女人分娩要更强。

他耳朵里嗡的一声，眼前一片黑暗，又重重地坐回到靠背椅上，然后再次陷入了昏迷。

仿佛做了一个很长、很长……很长的梦。

梦里有人在说话，在宫殿里，是一男一女，女的穿着白袍，男的是黑色的宽袍广袖。自己跪在地板上，耳边是丝竹之声。

有马，奔驰的快马。

草原，黄土，丘陵，最后是大海。

船！在海上遇到了风暴，自己掉到了海里，水不太冷，但很黑。他向上扑腾了好久，才把头露出海面。

水哥猛地吸了一口气，醒了过来。

眼前的 Lolita 还维持着刚才的姿势，右手捂着嘴巴，左手刚刚放下，食指还没来得及收回。

这说明，水哥以为很长的一个梦，却是在几秒之内发生的。

小陈从背后按着他的双肩，弯腰看着他的侧脸，关切地问："怎么样了？"

水哥的注意力，却没有放到小陈那张满是"关心"的脸上。他的视线，聚焦在掉在桌面的那个笔记本上。

笔记本现在是摊开的，刚好以九十度展现在他眼前，工整的小篆一览无遗。

这时候，不可思议的事情发生了。

刚才还像天书一样，一个字都看不懂的小篆，这时候，每一个字都有了它的含义。

水哥能看懂了。原来怪虫出现的方法诡异，在身体里游动起来也很吓人，能想象出长相肯定也很可怕，但其实却是个许愿小精灵，不光实现了他“证明给 Lolita 看有虫”的愿望，更实现了水哥之前的愿望——“如果能看懂就好了”。

水哥没来得及去考虑原理，深吸了一口气，身体前倾，双手按在电脑桌上，开始读那几百字的小篆。

“二年，始皇遣徐福至南越……”

Lolita 无法理解发生了什么事，忙问：“Water 哥，你这是怎么了？”但他们都没看到水哥身后两个山寨版的表情，小王和小陈相视一笑，脸上竟然都是欣喜。

水哥看着那小篆，脑子里刚才被怪虫咬得剧痛的地方突然一阵过电的感觉，酥酥麻麻的，他不由自主地就把看到的小篆翻译成口语，读了出来。

“秦朝二年，秦始皇派徐福到南越，出海寻找天禄仙岛，以求长生不死的方法。为避耳目，另派一人做徐福的替身，带领五百童男童女向东方蓬莱岛而行。当时南越还不是大秦领土，徐福和手下扮成商人，在海边重金买下商船一只，按上古地图标示，与手下四十人一同出海，寻找天禄仙岛。快登岛的时候，遇到了莫名其妙的暴风雨，商船沉没，最终上岸的仅有九人。”

“慢着，慢着。”

我拍了拍水哥的肩膀，打断了他的故事，顺便瞄一眼手腕上的萧邦表，此时已经是深夜两点多了。

从火锅店里回来后，我和水哥来到小希她们的房间，听水哥讲这个故事，又过去了三个多小时，不得不说，故事很赞，但是太假了。

就好像你看了一场构思精彩的电影，你会很佩服导演和编剧，想要跟他们做朋友，但如果你的朋友坐在身旁，把同样的剧情讲了一遍，并且告诉你这是他的亲身经历，恐怕你的感觉会和我一样。

两个字：扯淡。

水哥讲的这个地库的故事，就是如此，融合悬疑、科幻、动作、爱情等各种元素，现在好像又要往玄幻的路子上走了。如果他够勤快，把故事写出来的话，能秒杀书店里那些脑回路是条直线、逻辑混乱、胡编乱造的小作者写的所谓悬疑小说。

但是，买这样一本书最多花我三十元，不好看就直接扔了。为了听水哥这个故事，我可是付出了一瓶二十五年陈的麦卡伦，再加一个不知道值多少钱的烟斗的代价。我要听的，是水哥不让人坐在他右边的真实原因，而不是这样一个过于精巧，让人觉得根本不可能发生在现实里的故事。

小明抱着水哥的手，打了个哈欠，抗议道：“鬼叔你干吗，让水哥继续往下讲嘛。”

小希也拍了下我的肩膀，“别闹。”

我重新坐下来，却没有停止对水哥的挑战，“对不起，水哥，故事很好听，但是有些问题我不提出来，就没办法坐着再听你说下去。”

水哥从口袋里掏出花和尚烟斗，放在鼻尖前面慢慢欣赏，漫不经心地说：“你问。”

我整理了下思绪，从头说起：“刚才在火锅店里我就想说，桑塔纳车尾厢里有人呼救，打开了里面却没人，这个情节跟彭浩翔的电影《志明与春娇》相似度高达百分之八十以上。你的创意，就是从这里借鉴的吧？”

水哥眼神没有离开那个烟斗，慢条斯理地说：“这个电影，我没看过。”

我点了点头，“好吧，这一点就算了，艺术源于生活嘛，也许编剧也经历过还是听说过相同的故事。还有你说发誓要把 Lolita 照顾好，最后你是没把她带出地库，所以才胖了那么多对吧？这些都能说得过去啦，我真正纠结的，是你刚才讲的内容。我来猜一下接下来的剧情……”

小明皱着眉头：“讨厌，别剧透。”

这个时候我才懒得理她，继续道：“你接下来要说，其实你上辈子是徐福的手下，对吧，还有小陈、小王、Shirley、Lolita 都是，你们被徐福带到什么天禄仙岛上，去求长生不死的灵药。然后不知道为什么，你上辈子死了或者是变鬼了，这辈子不知道为什么又回到了那岛上。可天禄仙岛是个岛，水哥你以前上班那公司，是在陆地上的啊。”

水哥抬起头来，看着我摇了摇头：“阿鬼啊，你也是老南方人了，你知道现在南山区有多少地方，都是填海填出来的吧？”

水哥说得那么有道理，我竟无法反驳，一时语塞。

小希不屑地说：“叔，你能消停会儿吗，好好听故事不行？”

我横着脖子，不服气地说：“好，水哥，就当你说的这个成立。但是，我去，说到那个怪虫……”我指着自己眼睛和耳朵中间，太阳穴稍微往下一点的位置，“你说怪虫咬的是这里对吧，这个位置我知道，是储存人类短期记忆的海马体。”

小明嘟起嘴巴，“什么海马体海狗体，阿鬼你最博学啦，别……”

我手掌向下做了个手势，示意小明别打岔，“水哥，我知道你的意思，你想说的是怪虫咬掉了你的海马体，至少是一部分，然后取而代之，对吧？就好像地中海的那种寄生虫，会咬掉鲷鱼的舌头，然后自己取而代之。水哥，你的灵感也是来自这里吧？”

水哥耸了耸肩膀，不置可否。

我继续道：“因为怪虫代替了你的海马体，所以，你就有了上辈子的记忆，也能看得懂小篆了，是这样吗？”

水哥终于欣赏完他的战利品了，把宝贝烟斗重新放回口袋，笑着对我说：“分析得很好，继续。”

我有点急了，“好，你说有怪虫，那怪虫现在呢？”

水哥敲了敲脑袋，“还在里面。”

小明哇了一声，松开了一直抱着的水哥的手臂，“不会吧？是真的吗？”

作为一个半专业的“神棍”，我当然明白水哥所谓的怪虫，跟什么看手相、脸相、摸骨算命一样，都是吸引妹子注意、破冰、展开交流的一种手段，其实大部分男人自己心里压根儿不信。

我一直有个不怀好意的猜测，最顶尖的风水大师，他自己肯定不相信风水。同样的道理，写鬼故事最厉害的人，肯定不相信虚无缥缈的鬼神，而是坚定的唯物主义论者。如果几十年的人生经历，连世界上没有鬼神这种简单的结论都没办法推理出来，那这个人的逻辑能力，肯定不足以支持他写一个好的鬼故事。

我继续对水哥发起进攻，“好，既然你这样说，明天我们就找个医院，给你做个脑部 CT。”

水哥深呼吸了一下，脸上的表情似笑非笑，“CT 什么的，用不着。”

我得意地笑道：“怎么样？牛皮被我戳破了吧？”

小希可能是有点生气了，使劲捏了下我的手臂，嗔道：“你烦不烦？管它真假，我觉得是真的就行，我觉得好听就行。”她手上加大了力度，“你到底还想不想听水哥把故事讲完？”

而我已经把全部的注意力都放在水哥故事的逻辑上，连小希“你还想不想把我推倒”的潜台词都没听出来，冷不丁被这么捏一下，痛得龇牙咧嘴，赶紧去挠小希肋骨下的痒痒肉，她吃不住痒往一边闪，自然也就松了手。

水哥看着我们打闹，突然嘿嘿一笑：“鬼，我是说用不着 CT，你想见怪虫的话，我现在就能证明。”

我没料到水哥竟然这么说，一时倒怔住了，难道故事里两厘米长的怪虫真的存在，并且有办法重现在他的皮肤下？还是说他早知道听众会有疑问，所以备下了这一手魔术的伎俩，专门用来打挑刺的人的脸？

不管怎么样，现在我骑虎难下，认屃就太丢脸了。

我默默地攥紧裤袋里的苹果 5S，如果水哥让他的宝贝心肝小怪虫亮相，我就用手机拍个小视频，然后发朋友圈给大家鉴定。

晒方向盘、晒表、晒酒、晒跑步里程的看得多了，“逼格”已然不够，晒皮肤下面会动的寄生虫，这个够新鲜刺激了吧？

这样一来，也算不浪费我那麦卡伦和烟斗了。

水哥伸出左手食指，有节奏地敲击着左边的太阳穴，像是在打电报或者发摩斯密码，估计这是他唤醒那怪虫的仪式。

小明已经离水哥远远的，坐到我们这边床上来，抱着小希的手臂。

我掏出手机，心里带着小紧张和小激动，正准备开始录像。

水哥抬起屁股，向左边挪了一点，空出他右手边和床头之间的位置，“鬼，你坐到我右边。”

我一下没反应过来，“啊？”

水哥一边用左手敲着太阳穴，一边说：“快，坐过来。”

我吞了一口口水，迟疑道：“可是，你不是不让人坐你右边的吗？我坐过去的话会怎样？”

水哥嘿嘿一笑，那笑容看上去却很冷，“反正我的故事是假的，你坐我右边，什么都不会发生。”顿了一会儿，他又补充道：“还有，等会儿我要做的事情，只是证明怪虫的存在，而不是我不让人坐右边的原因。”

我感觉到了两个妹子灼人的目光，这时候再怎么也不能尿了，我吞了口口水，咬咬牙站起身来，坐到水哥右边。

据我所知，起码有两年多的时间，从来没人坐过水哥右边的这个位置。我心脏一顿猛跳，虽然表面硬撑着，但屁股都不敢坐牢在床上，万一发生什么诡异的事情，我能赶紧直起身跑。

水哥点了点头，似乎在赞许我的勇气，然后他伸出右手，掌心向下平摊，“阿鬼，来，把你的左手放到我右手下面。”

我心里更紧张了，说话都有点结巴：“干……干吗？”

水哥语气里带着一点挑衅：“让你感觉下怪虫的游动，怎么了，不敢吗？”

我恼羞成怒，嚷了一句：“有什么不敢的。”然后伸出左手，按照水哥说的，把手背放在他的右手掌心下面。

突然，水哥右手猛地向下压，把我的手死死按在了床单上！

“干吗？”我顾不上两个妹子对我的看法，本能反应，试图把手抽出来。但水哥做好了准备要阴我，不但右手紧紧扣住我手指，本来敲着太阳穴的左手也伸过来捏住我的手腕。虽然他现在是个人畜无害的胖子，但当年健身的那些肌肉，估计都隐藏在脂肪下面，所以一时间我根本挣不开。

我扭过头去看水哥的脸，他眼睛直视前方，目光没有焦点，像是脑袋里有什么东西被抽离了。

然后，我感觉到手背一阵剧痛。

我和水哥都有文身的经历——当然我的图案比他的帅气多了。所以，这种痛确实像水哥说的，有点类似文身上彩色时，那一排细密的针以极高的频率反复在皮肤上扎的痛感。

不同的是，文身机的针是排成直线的，而现在这种痛明显呈一个五毛硬币那么大的圆形；文身时针是反复地、浅浅地扎，我感受到的痛，却是有一股狠劲往下，似乎要穿透真皮层，到达皮肤下面的肉。

不过，我感觉到了痛，却没感觉到水哥所说的，有黏腻的舌头在皮肤上舔。

我心里的恐惧，更甚于手背上的痛，难道水哥这个禽兽，想把他的寄生虫转移到我身上？

正在又急又气的时候，水哥却突然松了手。我霍地站起身来，把左手手背抬到眼前看。

我刚才的体感是对的，在酒店房间明亮的灯光下，赫然有一个细密的出血点围成的圆圈，大小和五毛硬币不相上下，仔细看还能辨认出，这些出血点呈一个锥形，就是说造成这些小伤口的东西，是动物牙齿那样根部粗、顶端细的物体。

正当我把手背靠近眼睛，想要端详的时候，不可思议的事情发生了。这些出血点，以肉眼可见的速度，非常快地弥合了，几秒之后，就什么也看不见了。

如果说刚才伤口的出现，还有可能是水哥在掌心里藏了什么小道具弄的，但现在的诡异愈合，就不是已知的科学可以解释的了。

最先发出尖声惊叫的，是小明。她整个人躲到了小希身后，用颤抖的声音："水哥，你走！我不听故事了，不听！"

小希胆子比小明大多了，她伸开双手像母鸡一样护住小明，很不客气地对水哥说："水哥，你怎么这样？虽然鬼叔是很讨人嫌，你也不能害他啊！"

我身为受害者，却反而比妹子们要清醒一点，首先，我并没感到那怪虫爬到我血管里。其次，我更不相信水哥会这样害我，或者说，他那么抠，我才不信他舍得把宝贝心肝小怪虫送给我。

这样想来，还有点可惜呢，不然的话我就能读懂小篆了，so

easy，妈妈再也不用担心我的学习了。

这么一分析，我更加冷静下来，在灯光下反复地看着自己的左手手背，那上面的皮肤已经恢复如新，连疤痕都没有留下。想来，水哥把手伸进青铜怪兽的嘴巴里，遇见的也是同样的情况。

不知不觉间，我已经默认了水哥讲的这个地库的故事是真的了。

虽然心里还是有些疙瘩，但是刚才眼睛看到、皮肤感受到的事情，已经把我说服了。故事的情节，可能因为水哥描述的方法，我自己的理解方式，会产生一些误差，但起码里面核心的道具——怪虫，是真的存在于这个世界上。

当时我无法预料，就是这样一个存在，在后来的旅途中救了所有人的命。

水哥还是坐在床上，刚才涣散无神的双眼，现在已经恢复了神采。他又掏出那个花和尚烟斗，放在鼻尖前面把玩，慢吞吞地说："故事呢，不听了是吧？"

小明还是躲在小希身后，情绪激动地说："不听！水哥我不听，你快和鬼叔回房间吧，我要睡觉了！"

看来，这个妹子是真心吓到了，她无法接受故事讲完，小希就要跟我一起睡，而她要陪这个身体里有条会咬人的怪虫的男人一起睡这样的一个事实。

水哥点了点头，"小明，你果然聪明，这个故事的结局，比过程要可怕得多……"

他深深吸了一口气，"不讲完，对你好，对我也好。"

我和小希交换了一下眼神，看得出来，她也跟我一样，想要继续听下去。

听到一半的故事，跟滚到一半的床单一样，让人欲罢不能，停下来是种残忍的折磨。

虽然刚才那条怪虫差点把我吓尿，但同时也增加了这个故事的吸引力。现在我感觉自己不光是个听众，还是故事的亲历者。最起码，故事里的男主角，还有那条可怕的怪虫，我都算打过交道了。

我重新坐回水哥对面，双手放在膝盖上，像个认真的小“粉丝”，“水哥，请继续。”

小希也到我旁边坐下来，只有小明还不知所措地站着。

水哥收起宝贝烟斗，双手像洗脸一样在脸上揉，手放下的时候，眼睛直勾勾地盯着我，“鬼，你真的要听？这个结局……怕你承受不了。”

我用一种大义凛然的语气说：“咬都被咬了，难道故事结局比怪虫还可怕？”

水哥摇了摇头，继续吓唬我：“可怕一百倍。”

小希在旁边说：“再可怕也要听，水哥，你的故事天亮前能讲完吗，现在还剩多少？”

水哥眼珠子朝上看去，想了一会儿说：“还剩……三分之一，不，四分之一吧。”

我催促道：“那你赶紧讲，别耽误了我推倒小希。”

水哥叹了口气，“好吧，看来我不讲完的话，你是不会放过我了。不过，我有个条件……”他拍了拍右边的空位，“鬼，剩下的故事，你要坐在我的右边听完。”

刚才被他吓得差点出丑，现在我的英雄气概反而上来了，坐水哥右边听他讲完故事，我不信还能把小命搭上了。这么想着，我站起身来，一屁股坐到水哥右边的床上。

小明这时候终于也下定决心，爬到另一张床上，躲在小希背后，只露出半张脸，继续听水哥讲故事。

水哥扭过脸来看着我，意味深长地说："阿鬼，你知道听故事最可怕的是什么吗？"

我皱皱眉头，"结局烂尾？遇上太监？"

水哥苦笑了一下，突然低下头，把脸埋在双手里，声线突然变得很沙哑，从他的手指缝里流了出来："听故事最可怕的，是模糊了故事和现实的界限，你以为自己是听故事的……"他直起身来，双手猛地一拍，"其实，你就在故事里面。"

第八章

世外“桃源”

Lolita 站在水哥右边，似乎已经忘了那条可怕的怪虫，带着崇拜的语气说：“Water 哥，你好厉害啊，竟然能看得懂这些……甲骨文？”

水哥也被自己震惊了，没顾得上跟 Lolita 解释小篆和甲骨文的不同。他用手摸着自己的左边太阳穴，然后手指停留在稍微往下一点的位置。

就是这里，穿过皮肤，穿过颅骨，再往里面三四厘米，刚才被那怪虫一顿噬咬之后，现在却完全没了痛感。

水哥掌握一些基本的人脑构造，如果他猜的是对的，那个位置叫作海马体，是储存人类近期记忆的地方，有点像是电脑的内存条。以前他看过一部电影，叫作《初恋 50 次》，里面的女主角就是海马体受损，每天早上醒来，都会忘记前一天所发生的事。

那个怪虫，吃掉了自己的一部分海马体，然后取而代之了。不知道出于什么原理，怪虫携带着一些“数据”，这些数据可以输入到人脑里，所以，水哥突然就能看懂小篆了。

这样的推测虽然让水哥难以接受，但照目前的情况，却是最合理的解释。

但问题随之而来。第一个问题，如果怪虫取代了海马体，重置了他的短期记忆，那么在水哥失去意识之前发生的事情，是真实发生过的，还是怪虫伪造的？

水哥稍微想了一下，就得出了自己的答案：这些记忆应该都是真实的，因为失去意识前的剧情，跟睁开眼后所见到的人和事物是一一对应的。而且，如果怪虫的目的是伪造记忆，那么它大可以连“被怪虫进入身体”这个记忆都抹去，这样，水哥根本就不会知道怪虫的存在。

第二个问题，难道说，继小陈、Shirley、小王之后，他也变成了山寨版吗？

水哥把双手放在桌面上，试试弯曲十指，然后伸直。一切正常，没有什么不对劲的地方。

水哥又抬起自己的右手，然后突然放松，任手臂砸到桌面上，发出砰的一声，随即明白这个重量也是正常的。

小王哈哈大笑：“水队长，你干啥子嘛？一条小虫虫，就把你吓垮了？”

小陈也在一边关心地问：“你怎么样了？”

水哥心神一震，这才想起不能让山寨版知道，自己掌握了通过体重来判断是否是原版的方法。他忙顺着小王的话往下演，装出一副比内心真实情况更紧张的表情，“那怪虫呢？你们看见那怪虫了吗？不会跑到我脑子里面去了吧？”

Lolita 这时候才想起，水哥身体里有条可怕的怪虫。女孩子对蛇虫鼠蚁有天生的恐惧，一下子要克制住很难。她向后退了一步，想要离水哥远一点，谁知道那怪虫会不会从他脑袋里爬出来，钻进自己身体里。

更何况，水哥之前跟自己说了，真正的小陈、小王、Shirley 都已经死了，现在他们看见的都是山寨版。水哥会不会也步了他们的后尘?

但是，犹豫了几秒之后，Lolita 深深吸了口气，又朝着水哥走了过来。

怪虫先不说，她心里有一种感觉，现在的水哥，还是原版的水哥。她也不知道这种感觉从何而来，可能就是所谓的女人的直觉吧。

其实不光是现在，自从在车库里重遇水哥之后，Lolita 心里就有一种莫名的信任感。在这个怪事频发的地库里，她对水哥完全没有戒备，甚至觉得，愿意把自己的命运托付给他。

更奇妙的是，这种“把命运托付给水哥”的感觉，让她非常安心，非常亲切，非常熟悉，就好像她已经尝试过一样。

和其他女孩子不太一样，Lolita 从来不相信什么塔罗牌、星座，但现在却有了一个荒唐的想法。她觉得，自己和水哥前世肯定相识，甚至相爱过。

Lolita 相信，上辈子水哥把她带离险境，现在水哥也一定可以带着她，逃离这个阴森可怕的地库。

她咬着下唇，点了点头，然后把手掌放在水哥的手背上，轻轻地抚摩着。

Lolita 猜对了这个故事的开头，甚至也猜对了结局。

可惜，不是完整的结局。

有了 Lolita 的安慰，水哥渐渐缓和下来。

虽然说是故意装给山寨版们看，以转移他们的注意力，但是要说心里一点都不紧张，肯定是骗人的。

不过，有几点水哥可以确定。

首先，自己是原版，不是山寨版。其次，那怪虫肯定还在自己脑子里，虽然看不到、摸不着，但他能用肉体清楚地感知到。不知道除了能认出小篆之外，还对自己的记忆、行动有什么影响。事到如今，也只好走一步看一步，慢慢验证。

最后，水哥深深吸了一口气，抬头看着站在他旁边的妹子——我一定要把她带出这个地库。

胖五十斤、永垂不举什么的还是小事，如果不能实现誓言，把那么好的妹子一起带走，水哥知道，这辈子他心里都不会好受。

这么想着，水哥的眼神明亮起来，他拿起桌面上的笔记本，翻过写满篆书的这一页，继续往前翻，想看看还有什么有用的信息。

Lolita 也明白水哥是在找离开地库的线索，所以一起盯着那笔记本看，两个山寨版不知道出于怎样的心理，也一起看着水哥翻页。

不过，让他们失望的是，在篆书的这页之前，笔记本全都是空白的，连一个字都没有。

直到水哥翻到了第一页。

这一页纸上，写着简单的六个字——敲碎背后的墙。

水哥心脏猛烈跳动，后脖子一阵寒意，全身汗毛都竖了起来。

他现在恐惧的程度，比之前看见 Shirley 的纸条，还要厉害一百倍。

敲碎背后的墙。

他害怕的，不是这六个字的含义，而是字迹——因为，这是他的字迹。

水哥觉得眼睛又咸又涩，视线都模糊了，下意识地用手去擦，这才发现自己满头满脸都是冷汗。

汗水一边擦还一边往下掉，砸在桌面上啪嗒啪嗒地响。

水哥的手指沾满了冷汗，无法控制地颤抖起来，像得了帕金森病。

Lolita 看出了他的异样，却不明就里，紧张地问道："Water 哥怎么了？那怪虫又动起来了吗？"

小王在一旁哈哈大笑："惨了嘛！水队长脑子被虫虫吃掉了嘛！"

小陈在一旁不吭声，默默看着笔记本上那一行字。

白底蓝线的笔记本，那一行六个字，写在页面中间，和三杯鸡菜谱、Shirley 的拼音、那一页小篆一样是黑色的字，应该都是用电脑桌上这支黑色水笔写的。

这一行字是简体，写得当然没有小篆那么好看，但对于一个不常用笔写字的现代人来说，已经算不错了。

水哥发抖了一阵，开始止不住地摇头，但怎样都无法把恐惧感甩出脑袋。

完全无法理解，笔记本上的六个字，亲笔写下的六个字，自己是什么时候写的？从打开青铜门，进来这个房间还不到半小时，难道是在这段时间里写的，然后那怪虫钻进脑袋，吃掉了这一部分的记忆？

还是说，这六个字是很久很久以前写下的？这样的话，水哥在很久很久以前就来过这个房间。

一个可怕的想法蹦了出来。

这个笔记本，先后留下了四个人的字迹。按照先后顺序，分别是水哥写的六个字、一页小篆、Shirley 被撕掉的拼音、三杯鸡菜谱。

小篆——身后站着一个不懂拼音，但能看得懂小篆的保安。

菜谱——很多错别字的菜谱，小王就是这样一个乡村非主流、初中不知道有没读完的厨子。

如果这个猜测是对的，填补了两个空缺，那么在笔记本上写字的完整顺序是这样：水哥、小陈、Shirley、小王。

把这个顺序倒过来——小王、Shirley、小陈——就是从新到旧，死了之后变成山寨版的名单。

而自己，在这个名单的最前面。这个念头简直要把水哥逼疯，他用牙齿狠命咬住自己的虎口，勉强没有崩溃大喊。

水哥脑袋里一片混乱，突然又想起了一件事。他和小王试图从电梯的通风口爬出去，那时候小王站在他肩膀上，徒手打不开通风口，却莫名其妙找到了一个工具包。

水哥当时就算抬头，也看不见放在凹槽里的工具包，但他脑海里却有个清晰的影像，那个工具包，是绿色帆布的，底下被螺丝刀戳了一个洞。

现在想来，那个包不是无缘无故放在那里的。有人曾经从电梯通风口爬出去，那个人……按照逻辑推断，就是……水哥又开始不寒而栗——那是他自己。

这样想来，他不是第一次来到这个地库，第一次想从双层电梯通风口爬出去，也不是第一次来到这个青铜门后的水泥房间。

水哥脑子里还在按照这个思路，一条路走到黑地往下想，突然之间，一个扛着铁锤的身影从他眼前走过。

水哥扭头一看，原来是小王在他胡思乱想的这段时间里，跑出青铜门扛起铁锤，又跑了进来，向水哥背后那堵水泥墙跑去。

Lolita 想要阻止小王，“小王，你干吗？”

小王还是像个“二货”一样哈哈大笑：“砸墙啊，本本上不是写着嘛！”

水哥也站起来，想要跑过去阻止小王，刚才消防门后面是青铜门，砸门差点弹回来，误伤了 Lolita，那么水泥墙后面，谁知道会是什么机关？

“别！”

但已经太慢了，作为一个厨子，小王的执行力一直无与伦比，水哥还没离开他的靠背椅，小王已经抡圆了锤子，朝那堵水泥墙狠狠砸去。

水哥突然一阵眩晕，脑海里浮现起一个熟悉的背影。在一片丘陵之间，鲜红的夕阳挂在山顶。狭窄的山道，一个身披黑甲、精瘦有力的背影，抡起一把比人还高的马刀，朝着对面一个皮肤黝黑、穿着奇怪藤甲的人砍去。

下一秒，藤甲人从左边肩膀斜着向下，到右边髋骨处，硬生生地被斜着劈成了两截。

残阳如血。

眼看铁锤就要砸到水泥墙上，Lolita 双手捂着耳朵，预想中那一声巨响却没有发生。

取而代之的，是一声轻轻松松的“噗”。

水泥墙应声而破，铁锤不仅锤头砸了进去，连木柄都一起跟着甩过去。小王这次又收不住力，整个人朝墙面倒下去。

然后是刺啦一声脆响，木板碎裂的声音，小王竟然用肉身就把水泥墙砸了个洞，整个上半身摔到了墙后面，发出沉闷的咚的一声，下半身还留在房间里。

水哥也从短暂的幻觉里回过神来，和小陈一起跑到了水泥墙边。

不，这不是一堵水泥“墙”。

水泥是真的，但水泥后面根本没有砖，只是几块拼接起来的三合板，在朝着房间的这一面涂上了水泥，装成一堵砖墙的样子，就像是拍戏时搭的临时布景。

不要说用铁锤去砸，光拳头就能把这薄薄的三合板打烂。

小王骂骂咧咧地爬了起来，倒退从三合板的洞里往后钻，嘴里嚷着：“这是啥子地板，好痛！”

透过他用身体砸烂的那个洞，小陈用手电筒照过去，水哥不由得惊呆了—— 一条甬道。

甬道不算特别狭窄，大概三米宽，两米高，地板、天花板、周围的墙壁，是用青色的砖块铺成，一看就不是现代的东西。手电筒的光亮，淹没在甬道深处。这条甬道深不见底，不知道通往哪里。

原来，青铜门后面，果然是一条与之相称的，同样神秘、同样古老的通道。而这个用三合板伪装起来的水泥房间，就像是进门之后的玄关，夹在两者之间。不知道是谁搭的布景，更不知道是出于什么目的。

Lolita 也走到了三合板旁，朝着里面望去，惊呼道：“天哪，好深！这是往哪里的啊？”她抓住水哥的手，突然有点开心起来，“Water 哥，你说会不会是出去的路？”

水哥也握着她的手掌，柔若无骨，但是食指和中指之间，却因为常年用数位板画画，有硬硬的两块茧。水哥突然觉得，如果能一直牵着她的手，能不能从地库里逃出去，似乎也没那么重要了。

小陈似乎很看不得这一幕，他把头扭开，手伸过三合板，五指并拢。过了一会儿，他轻轻地说：“有风。”

小王在一旁怪叫：“啥子有风，啥子意思嘛！”

Lolita 也问：“有风，是不是说明有出口？”

水哥赞许地点头，替小陈回答道：“有空气流动，说明甬道的另一头，是个露天的地方，至少是个开阔到能产生气流的场地。”

Lolita 兴奋地把水哥的手握得更紧，“真的是出口吗？”

水哥的想法没有 Lolita 乐观，怪虫和笔记本上的六个字，还在困扰着他。如果那个留下信息的“自己”，真实用意是要害死 Lolita，那么这个甬道里，很可能就会有密闭空间和黑雾，能够完成把 Lolita 变成山寨版的“仪式”。

但是，事到如今，不进这个甬道已经不可能了。之前水哥自己分析的三个可能存在的出口，车库的坡道试过，电梯通风口也试过，都失败了。这里是唯一剩下的可能性，而且经过一系列的折腾，出现了这条似乎连着外面的甬道。

小陈似乎看穿了水哥的想法，还是那种轻轻的语气，但是带着强大的说服力，“水队长，我们进去吧。”

水哥还没说什么，反而是小王提出疑问：“这是条啥子路，看着好长啊！谁晓得要走多久！如果是出口，我们几个出去了，佘里嘞个办啊？”

要不是小王这个痴情种提起，水哥都快忘了留守大本营的 Shirley 这个人。他思索了一下，提出解决方案，“这样吧小王，你现在先回去，拿个袋子多装点吃的喝的，再和 Shirley 一起过来。”

水哥从裤兜里摸出面包车的钥匙，递给小王说：“我们三个先进去，慢慢走，等你们。”其实他真实的想法是：把小王支开，然后和小陈、Lolita 先进入甬道，这样原版和山寨版的比例就是二比一。虽然从绝对的武力值来讲，两个原版还是打不过一个山寨版，但二比一总比二比二、二比三的胜算要大点。

如果运气够好，在甬道里找机会搞定了小陈，再回头对付山寨版的狗男女，胜率也会大一些。

小王开心地嗷嗷叫了起来，小陈也没提出异议。于是，水哥送小王走出青铜门外，让他留下手电筒，又看着他啪啪啪冲下楼梯。然后，水哥背起刚才放在地上，装满水和食物的运动桶包，深吸了一口气，准备和小陈、Lolita 一起，到那不知通往哪里的甬道去探查一番。

等水哥回到“房间”里，小陈已经把三合板拆出了一个大洞，不弯腰都能直接走进去。

水哥安排小陈打前锋，Lolita 在中间，水哥紧随其后。这样方便水哥和 Lolita 讲悄悄话，又可以拖着 Lolita 别走太快，跟小陈保持安全距离，以防他突然耍什么花样。

三人的探险小分队，就这样走进了黑漆漆的甬道里。

地板的青砖踩起来坚硬而干燥，小陈心无旁骛地一直向前走，而水哥则用手电筒在周围照来照去。甬道四周的墙壁，用的也是和地板一样的青砖，水哥拍了几下，又尝试用手指去抠，这些青砖硬得不行，是货真价实的砖头，而不是房间里用来糊弄人的三合板。

小陈走在前面五米开外，Lolita 右手牵着水哥，三个人就这样默默地在甬道里走着。走了大概有十分钟，水哥渐渐感到烦躁起来。这条甬道，到底有多长啊！

水哥拉了拉 Lolita 的手问：“你感觉到有风吗？”

Lolita 想了一下回答：“好像有……”然后又推翻了自己的结论，“又好像没有。”

水哥心里更烦躁了，他也没有感觉到空气的流动。会不会这个甬道根本就是条死胡同，是可以达到“仪式”条件的密闭空间。小陈说“有风”什么的，其实就是为了把自己和 Lolita 骗进来。

他这么想着，心情郁闷，脚向旁边的墙壁乱踢，突然左脚踢到了什么东西，软软的，还把他脚踝缠绕住了，他一下子没防备，手又被 Lolita 牵着，就这样咚一声往前摔到了地面上，手电筒也脱手而出，向前面滚了过去。

Lolita 啊的一声喊了起来。

水哥勉强用左手撑着前胸，这才没让脸直接砸到地板的砖上。不过那个运动桶包被压在身体下，估计有几包方便面碎得像超市里被捏过的那样。他突然想起什么，慌忙坐起身来，两只手往被缠绕住的左脚摸去。

黑暗中，他心里涌起了可怕的念头——不会是甬道里的千年古尸吧！

两根手电筒的光柱照了过来，是 Lolita 捡起了手电筒，跟小陈一起照了过来。

水哥手也刚好摸到了左脚脚踝，随着手电筒的光柱，他发现了缠住自己的东西，是一个军绿色的帆布挎包。

自己的脚，是被挎包的背带缠住了。水哥手忙脚乱地把背带解了开来，用脚一下踢开，然后扶着墙壁站了起来。

小陈却从前方走了回来，走过水哥，弯腰捡起了那个背包。他侧着头，用脸和肩膀夹住手电筒，两手打开背包，在里面翻了起来，“水队长，你来看看这些是什么。”

水哥牵着 Lolita 走了过去，只见小陈从背包里一件一件朝外面掏东西：一个老式的绿色军用水壶、一个笔记本。笔记本封面不是普通的纸，而是塑料皮，上面印着“革命豪情”四个大字。

稍微有点常识的中国人都知道，这是二十世纪六十年代很多人出行都喜欢带的装备。

Lolita 说出了水哥心里的疑问：“这是怎么回事？”

水哥皱着眉头，让小陈双手打开绿色的军用挎包，自己把手伸进去继续掏。除了刚才这些东西，挎包里还有一个空空如也的罐头盒，盒上贴的包装纸已经酥得一碰就碎，但还是能辨认出用几十年前流行的美术字写的“午餐肉”这三个字。

除了这些，挎包里面空空如也，什么都没有。小陈把挎包翻转过来往地上倒，果然什么也没掉出来。

水哥一手拿着书，一手拿着罐头盒，心里已经有了答案：他们不是第一批闯进这个甬道的人。他在心里继续分析，既然这条甬道能连着时空扭曲、走不出去的地库，自然也可以连接其他错乱时空里的场景，比如什么防空洞、地铁、地下室、坟墓。

在平淡无奇但充满阳光的地面生活里，要接受这样的假设当然有困难，但是在地库里经历了那么多诡异事件后，水哥已经能很好地适应各种超乎科学解释范围，但是符合逻辑的假设了。

所以，这个军用挎包的主人，应该也是陷入了一个无法走出去的地下场景，然后跌跌撞撞地闯入了这个甬道。吃光了身上带着的干粮之后，或者遇到了袭击，或者觉得伟人也无法带给他前进的力量，所以就把军用挎包扔在这甬道里了。

不知道，这个探险前辈是男是女？是独身一人，还是也有几个小伙伴？小伙伴里面，是不是也有居心叵测的山寨版？在扔掉了这个军用挎包后，他或者她，是往前走还是往后退了呢？

这些带给水哥困惑的问题，或许永远也不会有答案。

水哥也不知道怎么想的，将书塞进自己背着的运动桶包，然后抡圆了手臂，把罐头盒往甬道前方的一片黑暗扔去。

空空的罐头盒太轻，扔不了多远，在空中飞行了几米就掉到地上，然后翻滚着往前。

不对，罐头盒翻滚的声音越来越大，越来越近。它不是朝前翻，而是往后，往水哥他们这边滚来。

在罐头盒缓慢滚到水哥脚边时，他弯腰捡了起来。水哥心里知道，这现象只有一个解释：甬道是有坡度的！

坡度虽然小到人根本无法察觉，水哥走了那么久也没发现，甚至刚才手电筒掉出去，因为形状不是规则的圆柱，所以也不会滚，但完美圆筒形的罐头盒，就可以没有障碍地向下翻滚。

水哥脑袋里快速运转起来，如果这条甬道只是个死胡同，那么它完全没必要设计成向上，而自己是从消防门进来的，那里虽然理论上已经是一层，但其实并没有脱离地下车库那个空间。这条甬道既然是向上的，那么就算前面不是出口，也必定是个地势较高的地方，总会更远离那个该死的地库。

水哥心底升起了一股希望，或许甬道的尽头，真的是可以逃离的出口！

一个人心里有了希望，无论做什么事情，动力都会大很多，行动起来更是冲劲十足。

水哥也顾不得跟 Lolita 说明他的分析，只是一手牵着她，就往甬道的深处走去。

小陈也没有说啥，在后面紧紧跟上。

甬道仍然笔直向前，在接下来的十分钟里，甬道的坡度越来越明显，从一开始的接近水平面，到了后来有超过二十度的斜坡，往上走的时候害怕脚下打滑，都要扶着旁边墙壁的青砖。

中间，水哥和 Lolita 停下来喝了点水，水哥还跑到队伍后面撒了泡尿，小陈却不喝也不撒，像是完全没有生理需求。

然后，大家又朝前面走了十分钟，甬道的坡度变成了接近三十度。就在水哥怀疑地板会不会越来越陡，最后变成一堵九十度的墙时，毫无提示地，在他面前真的出现了一堵墙。

幸好，这不是一个死胡同，而是一个 T 字形的岔路口。

两条岔路一左一右，不，准确来说并不是岔路。水哥和小陈拿着手电筒往两边照，无论左边还是右边，都不再是有坡度的甬道，而变成了由同样的青砖砌成的楼梯。

Lolita 又紧紧握住水哥的手，语气有点焦急："怎么办？往哪边走？"

水哥摇了摇头，准备告诉 Lolita 自己也不清楚，但是，从他嘴巴里蹦出来的却是两个字："右边。"

水哥把自己吓了一跳，Lolita 也好奇地问："右边？ Water 哥你怎么知道的？"

小陈却没有任何疑问，他转过头来看了水哥一眼，就迈出脚步，踏上了右边楼梯的台阶。

水哥心里有种感觉，就像自己曾经进入那个"水泥"房间，并且在笔记本上写下字一样，他也曾经走到这甬道里，并且选择了右边的楼梯。

"敲碎背后的墙"和"右边"一样，都是那个自己留给现在这个自己的线索。至于这些线索，会把水哥和 Lolita 带向哪里，是逃脱还是毁灭，只有试了才知道。

在水哥思考这些时，Lolita 一直盯着他的脸。

水哥深吸了一口气，用右手握住 Lolita 的手掌，提起来亲了一下。

然后，他转过身去，牵着 Lolita 走上台阶，右边的这一条。

爬楼梯可比走路要累多了，小陈这个山寨版健步如飞，水哥因为有锻炼的缘故，虽然累，也能应付得来。Lolita 毕竟是个妹子，又穿着一双不方便运动的厚底皮鞋，所以爬不了几分钟就要休息一下。

幸好，她没有休息太多次，楼梯的上方就出现了光亮。

光一开始很淡，越往上走就越明亮，就像水哥和 Lolita 的心情。而且，这光线不是冷冷的电子光，而是带着点黄色，带着点暖暖的温度。

如果真的是太阳光，那说明，楼梯的出口处，是一片露天的地方。

那么，水哥就可以带着 Lolita，成功地逃离这个地库。

再往上走了不到五十级，光线越来越强烈，水哥用手搭在额头上，仰头看着前面小陈的背影，被一片光明完全吞没。

他牵紧了 Lolita 的手，一步一步地向上爬着，速度越来越快。终于，他们也融入了这一片明亮，发现三个人正站在楼梯的尽头，一片平坦的砖地之上。眼前是一个形状不规则的洞口，强烈的光线，就是从洞口照射进来的。

脚底下的青砖，一直延伸到洞口外面，但两旁和头顶却是普通山洞的那种泥土。

眼睛经过短暂的适应后，看清了眼前呈现的世界。水哥跑了几步，冲出洞口，这里是一片露天的开阔平台，同样用青砖砌成，大概有两百平方米。

水哥仰头朝上看去。

头上是蓝色的天空！

水哥简直想要哭了，在阴暗郁闷的地库里待了这么久，人都快发霉了，现在见到了久违的阳光，在下面晒一下，简直轻松得要飞起来。

Lolita 跟在水哥身后，作为一个妹子，她的情绪更加激动，真的就哭出了声音："终于……我们终于逃出来了。"

三个人里面，只有小陈毫无反应。

五秒后，水哥也发现了不对头的地方。天空是一片纯净的瓦蓝，明亮的光线毫不吝啬地洒落，但是，在天空的任何一个角落里，完全看不到太阳的踪迹，更没有一朵云。

天上没有太阳也就算了，下面的景色更让人看不懂……水哥眉头皱成一个结，这里到底是什么鬼地方？

从天空照下来的光线虽然很好，但空气中却有些白白的雾气，就好像一线城市里，天气晴朗但是有霾的景象，不过颜色不是灰的，而是棉花一样的纯白色。

因为没有参照物，不知道能见度到底有多远，但估计在一千米以内。水哥极目远眺，目光陷入了棉花糖一样的白雾里，看不见山洞的对面到底是什么地方。

水哥把目光收回，再打量四周，然后他发现，自己所站的这个山洞口的平台，是处在一个悬崖之上。平台像鹰嘴一样凸出，而悬崖四周的山体，无论左右、上下，都是黑色的大块岩石，呈九十度垂直，几乎没有可以用手抓住的凸起，绝没有攀爬的可能。

而且，左右的山体向两边并拢，呈一个向内的圆弧，就像是一个由黑色岩石围成的巨型的大桶。而水哥他们就像三只虫子，站在光滑的桶壁的中间，想爬到桶的顶部或底部，都是不可能的。

水哥走到没有任何护栏的平台边缘，向下看去。下方的白雾，反而没有平视前方半空中的那么浓，所以可以清楚地看见，悬崖底下是一片湖水或者海水，在阳光下闪烁着银色的光芒，那光芒如此明亮，差点把水哥的眼睛都晃瞎了。

不对。

水哥慢慢蹲了下去，最后整个人趴在砖地上，把头伸出平台，向悬崖底下望去。下面的“银湖”的颜色太怪异了，不是普通的文学性描述的“银色”，而是真正的、带着金属质感的银色。

而且，这个银湖里的“湖水”，平静得没有一丝波动。

Lolita 也跟着水哥一起，蹲在旁边朝下看，咋舌道：“Water 哥，下面难道是……水银？”

水哥内心的猜测也是一样的，他想起了关于秦始皇陵的传说，据说里面有用水银构成的江河湖海。如果脚下的银湖真的是水银，这里简直是汇集了地球上所有的水银吧！

水哥突然想起，两个人都在这样无遮无拦的平台边缘，如果小陈要把他们推下去，简直是太方便了。他赶紧站起身来，牵着 Lolita 往后走。

不过，水哥想多了，小陈完全没有把他们推下去的念头，他正站在平台最右边的地方，向下打量着什么，随后出声说：“水队长，你过来看看。”

水哥牵着 Lolita 走过去，顺着小陈手指的方向，平台右侧有十来级向下的楼梯，连着一个只有四五平方米的更小的平台。重点在于，这个小平台的前方，是一条年代久远的软索桥。

三个人走下小平台，仔细观察这条突然出现的桥。软索桥似乎比刚才走过的甬道还要长，向着半空中一个未知的点延伸而去，陷入了棉花糖般的白雾里。

Lolita 毕竟是妹子，还是幻想会有奇迹出现，于是对着桥那边大喊：“有人吗？”

声音也被棉花糖吸收了，如同泥牛入海，没有任何回应。

水哥继续观察这条软索桥，桥面很窄，一次只能让一个人通过。桥板是破破烂烂的木板，桥栏是更加破烂的麻绳，破烂成这个样子，桥竟然还没断掉，这本身就是一个奇迹。

猛烈的山风吹来，软索桥在半空中摇摇晃晃，飘来荡去，别说要从桥上走过，光是看着这幅景象，有恐高症的人就直接瘫倒在地上了。

水哥用手摸着桥头成人大腿那么粗的一大股藤麻编成的桥索，这些藤麻不知道经过了多少年月，完全失去了植物的那种柔韧，变得干脆粗糙。

Lolita 伸出手来，朝右边指去：“你看！”

水哥手搭凉棚，努力朝 Lolita 手指的方向看去。原来，在几百米开外的地方，像圆桶一样围拢过来的山体上，有一条和这里一样的软索桥，同样向着白雾中间伸去。

虽然从这个角度看不清楚，但是可以想象，在右边那条软索桥上，也会有个和这里一样的山洞。

山洞里面又是什么呢？一样的甬道？甬道连接的又是什么地方？

水哥还注意到，那条软索桥延伸的角度，是向自己这一条并拢的，就像是在由山体围成的桶壁中，有两条线，一起向桶的圆心伸去。也就是说，两条软索桥，最后应该是交会在白雾中的某一个点。

那一个点，又会是个什么样的地方呢？

所有问题，只有踏上这条软索桥，穿越那些棉花糖一样的白雾，走到桥的另一边去，才有可能知道。

想到这里，水哥不禁吞了一口口水，用脚尝试着去踩了下软索桥上破破烂烂的桥板。木板虽然陈旧，踩上去的感觉还是挺踏实的。可是就在目力所及的范围内，桥上十几米远的地方，就有一两块桥板掉了，露出不小的空隙。

再走到桥中间，不知道会不会木板全部掉光，根本过不去。

水哥想得心里发冷，刚好一阵山风吹来，软索桥又开始吱呀吱呀地左右晃动，位移的程度起码有两个桥面那么大。如果有人走在上面，说不定就被晃出去，掉进脚下的水银湖了。

当年谁修的这桥，绝对是脑子有病；现在谁想从这桥上过，脑子是病得飞天了！

不过，水哥现在脑子里有条怪虫在寄生，所以，他应该属于脑子有病，并且很不轻的那种。

是的，他想要从桥上过去。

水哥用手托着下巴，脑子里分析着现在的形势，为过桥的决定增加理由。

首先，如果按照原路返回，从甬道回去那个暗无天日的地下车库，那就失去了逃出去的希望。

其次，水哥有种莫名的预感，在那个诡异车库里遇到的所有谜题，包括秦朝的兵马俑、和真人相似度达到 99% 的山寨版、黑雾、笔记本上的字、脑子里的怪虫，还有甬道里的军用挎包，所有的答案，都在软索桥终点的地方。

最后，这也是和山寨版作斗争的一个方法。

水哥通过原版小王死前说的话和自己眼睛的验证，知道了山寨版的体重要比正常人大很多。

眼前的这道软索桥，能不能撑起体重五十公斤以下的妹子都是个问题。而起码是两个妹子体重的山寨版，走到软索桥上，桥断掉，山寨版摔进水银湖里的概率很大。

所以，如果能说服小陈上桥，或许是解决这个心腹之患的好办法。

但是，桥一次只能通过一个人，桥的那边是什么地方，有什么样的危险，水哥现在根本不知道。

那么，要怎么安排过桥的次序呢？

如果让小陈先过桥，他走到一半桥断了，固然解决了他这个威胁，但是水哥和 Lolita 也过不了对岸。

如果让 Lolita 先过桥，桥同样有可能会垮，更何况，谁也不知道桥那边会遇到什么东西。让 Lolita 去冒这个险，水哥不舍得。

而如果水哥先过桥，桥断了，桥那边遇到危险，这些风险他都愿意承担。问题在于，把 Lolita 和小陈留在桥这边，同样不知道会发生什么。按照之前小王和 Shirley 偷情时说的话，Lolita 在秦朝时应该是小陈这个校尉的女人，这样的话，小陈更有理由把她变成和自己同样的山寨版吧？

这个谁先过桥的问题，不是脑筋急转弯，想不出来就去看答案。这个决定，关系着水哥和 Lolita 的性命。

就在水哥苦苦思索的时候，小陈催促道：“水队长，你说我们要不要过桥？”

水哥把牙一咬，不想那么多了，拼了！他深吸了一口气，对着小陈和 Lolita 说：“我的决定是——过桥！我们千辛万苦才来到这儿，不过桥去看一看，怎么都说不过去。不过你们看……”他又指着前面腐烂掉的桥板，“这鬼桥也不知道建了多长时间了，如果三个人或两个人同时走上去，我怕桥会垮掉，到时我们就全部掉下去了。所以，我建议一次只通过一个人，安全到达对面的话就大喊，或者折返回来通知。”

Lolita 的表情很紧张，女孩子在这个时候，都需要一个信任的人来依赖，水哥的分别过桥的建议，显然让她失去了安全感。

小陈似笑非笑地说：“水队长，我同意你的意见，不过，谁最先过桥呢？”

水哥心里也紧张起来，不敢直视小陈的眼睛，咳了两下说：“这个，小陈，你身体最强壮，又是当兵回来的，我觉得你打头阵最合适。当然了，前提是你愿意的话。”

说完这句话，水哥的心提到了嗓子眼，要是小陈不答应，他该怎么办？

小陈却难得地笑了起来，笑得 Lolita 有些莫名其妙，笑得水哥心里发慌。毕竟做贼心虚，从小陈的笑容里，水哥觉得这个山寨版的什么校尉小陈其实已经洞悉了一切，包括鉴别是否山寨版的方法，包括水哥想让小陈摔到水银湖里的如意算盘。

足足有一分钟后，小陈收敛了笑容，意味深长地看了水哥一眼，慢吞吞地说了一句：“我服从命令。”

水哥松了一口气，提到嗓子眼的心终于又放回肚子里。就像他之前想的，让小陈先过桥，当然有可能桥就断掉了，然后他和 Lolita 永远都到不了桥对面，永远也解不开所有谜题，永远无法回到原来的世界。

这样的话，水哥就会带着 Lolita，从甬道回到地库里。或许他运气好，能解决掉小王和 Shirley；或许会掉转过来，他和 Lolita 被小王和 Shirley 解决掉。就当是前一种情况吧，结局也无非是和 Lolita 回到大本营，计算着食物的多少，想尽一切办法多挨些时间。最终，两个人饿死在不见天日的地库里。

是的，如果桥断了，虽然死法不同，但结局都是死。

不过，起码能和 Lolita 拥抱着一起死去，这样总比看着 Lolita 先死，或者自己死掉，留下 Lolita 给三个山寨版——水哥简直不敢想象这个结局。

也许，这个世界上并没有完美的选择，只是说哪一个面临的风险更大，这个世界上更没有完美的结局，总会留下遗憾，只不过有的遗憾小，有的遗憾大，有的遗憾让人饮恨终身。

第九章

重叠的空间

“水队长，你在想什么？”

水哥吓了一跳，抬起头来，看见的是小陈严肃的脸。他忙解释道：“没有，我在想桥对面会是什么东西。”

小陈说了句很有哲理的话：“桥对面是什么，过去就知道了。”然后，他最后看了一眼水哥，又看了眼 Lolita，把手电筒跟撬棍都别在腰带上，转身踏上了桥。

最初的几块桥板是铺在青砖地上的，小陈踩上去的时候，桥板发出了不堪重负的嘎吱一声，像是一把老骨头被踩碎了。

水哥提心吊胆，视线一直牢牢盯在小陈的鞋子上。只见他迈开右脚，踏在了第一块悬空的桥板上，软索桥明显向下一压！

Lolita 低低地“啊”了一声，小陈却无所畏惧，抬起左脚又踩了上去，又毫不停顿地走了四五步。软索桥在小陈脚下的地方压得更低，两头往岸上翘，看起来随时要垮掉的样子，但却一直没有断。

水哥还没回过神来，小陈已经走到了桥板掉了一块的地方，他迈开腿轻轻越过，然后头也不回地一直走，身影渐渐变小，几分钟后消失在棉花糖一样浓的白雾里。

水哥皱起眉头，侧耳倾听，没有预想中木板碎裂、绳索断掉的声音。他又走到桥头，用手去摸藤麻的桥索，却也感觉不到有什么特别的震动。小陈还在桥上吗？或者说已经走到了对岸？

要不然……水哥想起了运动桶包里的工艺斧，进甬道之前他收到了包里，用斧头砍断桥索，让小陈直接摔到水银湖里好了，如果他已经成功上岸，至少再也回不来了。

水哥还在胡思乱想，突然间，一双软软的手臂，从背后抱住他的腰。然后，他的耳朵感受到 Lolita 有点温暖、有点湿润的鼻息。是的，Lolita 穿着她那双厚底皮鞋，确实比水哥还要高一点。

“真好，只剩下我们了。”

水哥心头一震，在遇见了那么多惊吓之后，这种突如其来的温柔，让他整个人都快要软掉。本来在家里床上躺着，等他加班回去的那个女朋友，似乎已经是上个世纪的事了。

水哥拉下 Lolita 抱着他的手，回过身去。这个好看的长腿美术妹子，已经闭上了眼睛，水哥侧着头，就要往 Lolita 的双唇吻去。

“水——队——长！”

小陈的声音，从棉花糖一样的白雾里传了过来，显得那么不真实。

Lolita 被吓到了，睁开眼睛。水哥却已经顾不上这些，仍然执着地亲了下去。

谁知道什么时候会死呢，毕竟先亲过了，死掉的时候也少一份遗憾。

比想象中还要软。

Lolita 也重新闭上眼，配合地伸出舌头。他们两个在忘情湿吻的时候，小陈那不识趣的声音，一直不高不低地传来。

“桥——安——全！过——来——吧！”

水哥感觉如果再不回应，小陈都要再走回来一遍了，只好依依不舍地放开 Lolita，睁开眼睛时，感觉到了她同样依依不舍的表情。水哥转过身去，面向桥的那边大喊：“知——道——啦！”

好了，经历了短暂的温柔后，残酷的现实又回归了——过桥。

水哥之前的预想没有实现，这个软索桥竟然出乎意料地结实，可以承受山寨版那么重的重量。这么说来，自己一个人过桥，不，牵着 Lolita 一起过去，问题也不大了。

如果没有刚才这一吻，水哥可能会选择稳妥起见，他先过去，确定没有危险了，再让 Lolita 也过桥。

不过，现在什么都不用考虑了。把 Lolita 留在桥这一边？开玩笑！要死，也要牵着手死在一起。

水哥握起了 Lolita 的手，两个人目光交织，显然，对方也是同样的想法。

于是，水哥整理好背着的运动桶包，对着桥那边又大喊了两句：“小陈！我们现在过去！”

棉花糖把他这句话吃了进去，然后又吐出来一句：“我等你们！”

小陈的这个“你们”来得有点蹊跷，像是早料到水哥会和 Lolita 一起上桥一样。不过，又重新亲到一起的两个人，显然没把小陈的话往心里去。

如果不是露天的场景，又被催促着要过桥那边去，或许两人就效仿小王和 Shirley 那对狗男女，把羞羞的事情给办了。

这次是 Lolita 捧着水哥的脸，先让两条舌头分开。她的眼神里显露出女性少有的坚毅，“走吧……Water。”

细微的称呼变化，确认了两个人关系的改变。

水哥牵起 Lolita 的手，一只脚先踏上桥板，视线盯着脚下，对 Lolita 说：“你跟着我走，眼睛看着我的头发，千万别看下面。”

Lolita 点了点头，温柔地笑着说：“有你牵着我，闭上眼睛走都行。”

水哥本来悬着的心，一下子就坦然了。牵着她的手，一起走向万劫不复的深渊，似乎也是个不错的选项。他摇了摇头，赶紧把这不吉利的念头甩出脑海，把心里的想法念了出来：“可千万别掉下去啊。”

恋爱中的女人智商总会降低，Lolita 跟在后面，傻傻地来了一句：“我会游泳。”

水哥先是觉得好笑，心里又升起了一股怜爱 —— 这傻丫头！如果是掉进普通的水里，会游泳是管用的，以水哥的技术，游到对岸都不是问题。但问题是，桥下面的并不是普通的水，而是水银。

水哥是文科生，按照他早还给化学老师的知识，水银的挥发性很大，这里的巨量水银经过了那么多年，也不知道是用什么奇怪的方法保存下来的。

且不说水银的密度那么大，从桥上的高度摔下去，估计人就砸晕了，然后慢慢沉底了。就算摔下去没事，在水银里能游得动吗？还有，水银蒸气可是剧毒，但是比空气重量要大很多，所以处在桥上没事；但如果掉下去的话，光水银蒸气就能把人毒死。

总之，可千万别掉下去啊。

水哥牵着 Lolita，胆战心惊地在软索桥上走着。他的判断没错，山寨版比他们两个原版加起来都重，所以软索桥被压下去的幅度，并不比小陈的大。

但是，桥面那么窄，桥左右晃动得那么厉害，本来已经够他们喝一壶的了，再加上桥板的破烂程度……看小陈过桥的时候那么轻松，真轮到自己了，可是走两步就一身冷汗。

好不容易跨过了第一块烂掉的桥板，小心翼翼、胆战心惊地走了两三分钟，又有一处地方桥板连着掉了两块，空隙足有半米宽，露出了下面明亮得晃眼的水银湖。

幸好水哥的腿长，先跨了过去，再转过身来接应 Lolita，她的腿更长，牵着水哥的手，无惊无险地一步迈了过去。

不过，水哥还是感受到了 Lolita 的颤抖，正想要鼓励她，突然听见了一阵熟悉的声音。

水哥皱起眉头，这声音，像是一尾巨大无比的鱼，在水里沉重而缓慢地游动。哗啦、哗啦，甚至能分辨出大鱼浑身的鳞片先后划过水体的声音。

啪！大鱼一甩尾巴，慢慢地掉头，转身游走。

是的，这就是在青铜门即将开启的时候，水哥听到的声音。

水哥屏住呼吸，过了一会儿，那游动的声音就消失了。

Lolita 好奇地问：“Water，你怎么啦？”

水哥皱紧眉头，“你听见了吗？”

Lolita 的表情更加疑惑，“听见什么？”

一阵山风吹来，掠过软索桥和桥上的两个人，发出呜呜呜的声音。

水哥赶紧一手抓稳桥索，一手环抱着 Lolita 的腰。刚才的声音，难道说是风声？还是自己心里太紧张，产生了幻听？

软索桥被风吹得晃动起来，水哥深吸了一口气，开始感受到“惊心动魄”这四个字的具体含义。Lolita 毕竟是妹子，已经吓得脸色发白，低低地“啊”了一声。

在这样危险的地方，完全不适合思考，还是赶紧走到对面再说。水哥望了一眼来时的小平台，已经陷入白雾中若隐若现了，按照刚才小陈过桥然后回话的时间来推算，他和 Lolita 应该已经走了桥的三分之一。

水哥转过身去，牵着 Lolita 继续往前走。再过了两三分钟，小平台已经完全看不见了，而桥的对岸也还在白雾中。软索桥被压下去的幅度，已经达到了最大，而且前后的桥面倾斜角度完全是一致的，他判断，现在两人应该是在桥最中间的位置。

现在，水哥的世界里只有 Lolita，以及身前身后的一段桥，其余全是棉花糖一般的白色雾气，这种感觉很奇妙，很浪漫，可是仔细想起来又会让人害怕。

谁知道，白雾里隐藏着什么样的危险？

算了，现在更不是自己吓自己的时候。水哥握紧了 Lolita 的手，继续小心翼翼地朝前走。

水哥的判断果然没错，越朝前走，他们走过的桥板位置就越升高，也就是说，两人已经过了软索桥的一半，正朝着桥对岸靠拢。

随着他们的脚步迈进，隐隐约约的，对面的白雾变得越来越薄，露出了朦朦胧胧的一些黑色影子，不知道是岩石还是建筑物。

Lolita 估计也感觉到了，在身后问："Water，我们是不是快到了？"

水哥却突然停下了脚步，Lolita 一下子收不住脚步，差点就撞到水哥的后背了。

水哥停下来，是有原因的。

在他面前，是一个桥板烂掉留下的缝隙。这个缝隙和前面的不同，不是一块，不是两块，而是连着有六七块桥板、起码两米的距离，现在空荡荡的，只能看见桥下白晃晃的水银湖。

更要命的是，这两米的距离跳过去也行，但是之后的几块桥板，看上去也是腐朽不堪，根本承受不了一个人跳过去的重量。

这要怎么过去？

如果这是一部动作片，男女主角的选择，肯定是侧着身，踩着原来固定桥板的桥索底部，慢慢挪过去。

但事实却不是这样，每个人的生活经历里，尤其是童年阶段，大概都经历过爬过某个危险的地方，阳台护栏、窗台、山顶、屋顶，事后想起才觉得后怕。当时只要一脚踏空，就会掉下去摔死，然后就没有然后了。

不过，眼前的桥索并不是相同的体验。这个在高空中被风吹得荡来荡去的桥索，给水哥一种感觉——踩上去不会后怕，不会有后怕的机会，因为一定会摔死。

Lolita 把下巴搁在水哥肩膀上，朝前面张望，“天，这里要怎么过去！”

水哥突然想到，小陈那家伙刚才在大喊大叫，现在却一直没有动静，他刚才是怎么过去的?

水哥朝着桥对面大喊：“小——陈！”

没有回应。

水哥示意 Lolita 捂住耳朵，气沉丹田，用最高的音量大喊：“小——陈！你——丫——怎——么过去的！”

在水哥的大声呼喊下，连棉花糖般的白雾都被吹散了一点，但是，仍然没有回音。刚才在桥的一边大喊安全，让水哥他们过去的那个山寨版小陈，消失得像从来没有存在一样。

又一阵山风吹来，软索桥摇晃得更厉害了。

Lolita 紧张地抱着水哥的腰，“怎么办？”

水哥双手紧握左右两边的桥索，等这阵风停了，才开始思考对策。

他看着两米的缝隙之后那几块看上去一踩就会烂的桥板，到底是真的这么腐朽，还是就像这软索桥整体，中用不中看?

水哥决定试试，当然不是用自己的身体。他想起刚才在甬道里捡到的军用水壶，现在就能派上用场了。

水哥从运动桶包里搜出水壶，估算好距离和力度，狠狠地朝那几块桥板砸去。只听咔嚓一声，被砸中的几块桥板应声而裂，跟那个水壶一起翻滚着往水银湖里掉落。

水壶伴随着呼呼的山风朝下落，从水哥和 Lolita 的角度看，倒有点像是一颗手雷，带着一种壮烈的感觉，扑向脚下的水银湖。

突然间，在水壶下落的位置，水银湖突然涌起了一个巨大的漩涡！

因为不知道桥面与水银湖的确切距离，所以没办法知道漩涡有多大，但在水哥看来，起码有半个篮球场的大小。

漩涡转动的速度很快，而且好像越来越大。能带动沉重的水银这样快速旋转，底下的不知是何方神圣。

更为诡异的是，在漩涡的最外围，透过水银，有一圈红色在快速旋转，这红色如此鲜艳夺目，坠落的那个水壶也变得黯淡了。

水哥弯腰朝下看去，想看清那到底是什么东西。

突然，漩涡正中间出现了一张怪物的脸！那脸和青铜门上雕刻的貔貅一模一样，眼睛、鼻子被挤到后面，嘴巴向前凸出，是一个不成比例的巨大黑洞，洞口周围密布着无数的白色尖牙。

不同于青铜门上的铸像，怪兽本尊的颜色，是浓到要滴血的鲜红。此刻，怪兽挟带着雷霆万钧之势，急速跃离湖面，朝着桥上的水哥和 Lolita 扑来。

怪脸下面连着的是跟蛇一样圆柱形的身体，却长着鱼一样的背鳍，身上布满了血红色的鳞片，看上去锐利而坚硬，随便拔下一片都能当刀子使。

水哥和 Lolita 吓得脚软，那怪脸在脚下极速扩大，水哥看清了那黑色巨口里的牙齿，不是一排，而是从口腔到咽喉，布满了无数排无数颗！牙齿都是斜着向下长的，形成一个个倒钩，天底下任何东西只要被它咬中，绝无逃脱的可能。

水哥闻到了怪兽嘴里传来的可怕腥气，两个人瘫软在桥上，下一秒就要连人带桥一起被怪兽吞噬，突然间，那笔直向上大如一个圆形泳池的黑色巨口，却改变了方向，在半空中掉了个头，又朝着水银湖面掉下去。

怪兽那同样带着血红色鳞片的巨大尾鳍，从两人的右侧掠过，气浪掀得索桥不停摇晃，被带出湖面的水银更是啪的一声溅到了黑色的桥板上。

水哥和 Lolita 两人站立不稳，都半趴在了桥上，纵使这样，还是有被桥晃得掉下去的危险。

那怪物像放大了一万倍的巨型红色鳗鱼，头朝下地朝水银湖坠落。水哥耳边是呼呼的风声，软索桥摇晃的吱呀声，Lolita 带着哭腔的惊叫，还有那怪物发出的好像小孩啼哭的诡异声音。

突然之间，这些声音都静止了。

桥也突然停止了摇晃，一道比太阳还晃眼的红色亮光，不知从何而来，噌一声铺天盖地，逼得水哥用手挡住眼睛。再睁开眼时，却发现他在那个大型的宫殿里。

耳朵里是编钟和埙的声音。

和躺在跟自己一样大小的兵马俑旁边时触发的梦境一样，水哥还是跪在地板上。他的头抬不起来，只能看见眼前那双纹路复杂、装饰精细的黑色靴子。

吱呀一声，有人推门而进。

那人说的仍然是一口鸟语，不同的是，水哥这次全都能听懂。

“陛下，百越海岛发现……貔貅！”

那穿黑色靴子的人，突然停在原地，两秒之后，发出了掀动屋顶的一阵霸气大笑。

水哥还是低头不动，却感觉到跪在后面的那个大红色歌女，伸过手来，用力捏着他的脚踝，不知道想表达什么意思。

“Water！ Water！”

是 Lolita 焦急的喊声，水哥从他的记忆闪回里脱离出来，又切换到了现实的世界，这座高悬在半空中的吊桥上。

软索桥确实已经停止了晃动，而自己还趴在桥板上，Lolita 跪在他身后，使劲摇晃着他的脚踝。

那怪兽已经不见了踪迹，水哥刚想问 Lolita，怪兽是不是掉回了湖里，突然之间，响起了一阵手机的闹铃声。

嘀嘀嘀嘀，嘀嘀嘀嘀！

Lolita 皱着眉头说：“是我的闹钟！”

之前在地库里，小王和 Shirley 刚要偷情的时候，水哥的闹钟也是这样突然响了起来。水哥想到什么，噌一下撑起身体，然后抬起左腕。那块绿水鬼的秒针、分针、时针，都像疯了一样飞快地乱转！

本来凝滞的时间，突然失去控制，发生了错乱。

还没来得及想清楚这是怎么回事，更诡异的情景发生了。从水银湖里，飞起来好多黑色的木块，向软索桥聚集，一小块一小块地修复着腐朽的桥板，空气中也飘来无数的黑色粉尘，慢慢凝聚在桥板上，桥索的颜色也逐渐变绿，恢复了植物的韧性和弹性。

那几块被水壶砸碎的桥板，连同相邻的本来消失了的几块，也像电影里的特效一样，从无到有，焕然一新。

总之，这座软索桥以肉眼可见的速度，在不到两分钟里，恢复了不知道多少年前刚修建好的样子。

这样的奇观，无论在谁的眼前出现，都会让人惊呆，水哥和Lolita也不例外。

现在的水哥，根本没空去想怪物、水银湖、突然乱转的手表时针三者之间到底是什么关系，更不可能猜到，这就是他们最后逃出地库的关键所在。

水哥和Lolita对视了一下，两人现在不约而同地想道：赶紧过桥啊！

水哥牵起Lolita的手，向着桥的另一边拔足狂奔。被逆转的时空修复了的软索桥，恢复了青春时期的弹性，在两人的脚步下坚韧而有力地回馈着，给人的感觉非常踏实，就算一百个人同时过桥也没有问题。

随着两人的奔跑，眼前棉花糖般的白雾渐渐变得稀薄，或许应该说，是因为他们冲进了这团白雾里。

对岸的桥桩渐渐显现，还有岸上隐隐约约的建筑物，像是一道大门。水哥他们没命地跑，用了两分钟，不，甚至是一分钟的时间，就踏上了对岸的土地。

不是甬道和悬崖上的青砖，而是松软的、原生态的黄土。

水哥和Lolita弯下腰来，不停地喘着气，望向对方的眼神里都是庆幸。

看来那个凶神恶煞的怪物，给他们带来的却是好运。

忽然间，水哥听到身后哗啦一声。他慌忙回头看去，只见刚刚通过的软索桥，逆转了恢复青春的过程，以比刚才还快几倍的速度，重新变得破败。桥板纷纷掉落，桥索又变得干燥而漆黑，在变回原来的样子后并没有停下来，而是持续腐朽……

终于，啪的一声脆响，在桥中间的某个地方，所有桥索一起断裂。水哥能看见的这一部分软索桥，桥头被桥桩固定着，中间部分的桥体向下掉落，划破空气，挟带着挥动皮鞭一样咻咻的声响，最后砰一声撞在了山坡上。

水哥张大了嘴巴，Lolita 直接惊叫了起来。

如果不是他们飞快地奔跑，哪怕是慢了三秒，都有可能随着软索桥一起掉到水银湖里。

水哥站起身来，胆战心惊地看着山坡下九十度垂直的软索桥。这里的山跟对岸的一样陡峭，但却不是黑色的巨岩，而是跟脚下一样松软的黄土。

这个时候，身后传来另外一种响动。

这个响动，如果在平时听来，能唤起一代人的亲切感，少年时期的温暖回忆，但放在这样一个诡异的环境里，却比软索桥断裂的声音更加可怕。

“现在开始做第六套广播体操……原地踏步，走！一、二、三、四、五、六、七、八……”

两个人同时惊呆了，但是关注的却不是同一个问题。

水哥看向白雾里那个隐隐约约的门状建筑物。这里到底是什么鬼地方，竟然会有广播体操的声音？

难道说，他们跑过了那条吊桥之后，就正式逃离了地库，现在来到了一个小学的校门口？而在学校里的操场上，有一大拨列队的小学生，正在做着广播体操？

不，不会有这种好事的。

Lolita 提出的是另一个问题：“第六套广播体操，怎么会？我上个月才听谁说，第九套广播体操出来了，要把我们读书时做的第八套换掉……Water，你做的也是第八套吗？”

水哥倒吸了一口凉气，感觉把薄薄的白雾都吸进了肺里。

他认真回想了一下，自己在读小学的时候，做的是第七套广播体操，初中后才换成了第八套。

那么，这第六套广播体操……是怎么一回事！

两个人都被这个想法吓到了，紧紧地握着对方的手。

如果这真的是一所小学，那么在操场上做着广播体操的，会是一群什么东西？

水哥吞了一口口水，给 Lolita 也同时给自己打气：“或许是他们播错了呢……不管怎么说，我们都到这里了，进去看看就知道了。”

Lolita 看着水哥的眼睛，这个时候，她愿意无条件相信他的话，并且服从他的命令。

水哥又深深吸了一口气，牵起 Lolita 的手，朝那门状的建筑物走去。越走近，白雾就显得越薄，那建筑物的轮廓越来越清晰，甚至连门口的绿化池，门上挂的木质牌匾，都慢慢从雾里浮现了。

看上去，这真的是一个小学的校门口……

水哥越走越快，Lolita 却突然拉了一下他的手说：“Water，你看。”

水哥停了下来，顺着 Lolita 手指的方向，向四周看去。

一阵山风刮来，白雾被吹散了一些，水哥发现，他现在背靠着一个疑似小学校门的建筑物，而其他三面，是一个平面呈扇形的山坡。

Lolita 要他看的是，扇形山坡的边缘，那一个又一个的……桥桩。

水哥看着眼前的这些桥桩，从各个方向均匀分布，插满了整个山坡的边缘。桥桩的样式，跟自己刚通过的那条一模一样，这些软索桥无一例外都损毁了，有些上面还带着桥体的一部分，有些只剩下孤零零的桥桩。

水哥仔细一数，这个山坡上，一共有二十七对桥桩。

也就是说，在刚才那个由黑色巨岩围成的，像个巨型大桶一样的山谷里，有二十七个洞口，二十七条甬道，曾经有二十七条软索桥，都通到了这个山坡上。

而水哥刚刚通过，在几分钟前垮掉的这一条，是二十七对桥桩里最居中的位置。

不知道这么多的软索桥，有多少人曾经走过，他们是从哪里来的，最后又去了哪里。

水哥在想着这个问题，突然间脑袋里，在耳朵与眼睛之间的那个位置，传来一阵酥麻的感觉，像是通了微量的电流，说不上难受，只是有点眩晕。

一阵丝竹之声。

然后，他脑海里闪过了许多画面。

第一人称的视角，不同的鞋子，草鞋、布鞋、靴子、胶鞋，还有与之相称的不同服饰，从软索桥踏上这个山坡的画面，十几个，不，甚至是二十几个画面。

Lolita 看着水哥皱眉的样子，紧张地扶着他，“Water，你怎么了？”

水哥揉着自己的眉心，犹豫了一下说：“我不是第一次来这里……”这些诡异的画面，估计都是通过脑袋里的那个怪虫直接传递给他的。不同的记忆，不同的年代……难道说这怪虫就是个储存记忆的 U 盘，从两千年来的每个寄主身上，提取记忆然后储存下来，现在，拷贝到了他的脑里。

难怪在那个三合板伪装成的水泥房间里，自己能看懂笔记本上的小篆，这肯定是某一任寄主所拥有的知识。

Lolita 不太理解他的意思，“你是说……”

水哥解释道：“我的意思是，我脑海里有些画面，就像是电影里的闪回……这些画面，展示的都是我们所在的这个地方。”

Lolita 侧着好看的小脸，疑惑地问：“你说的是既视感？”

水哥摇摇头：“不是，比那种似曾相识的感觉要清晰多了，而且得到的是一些我从来没看过的信息。你还记得我读的那篇小篆吗？其实，我从来没有学过小篆……”

Lolita 捂着嘴巴，“天哪，怎么会？”

水哥敲敲自己的脑壳说：“应该是里面那条怪虫在作怪吧。”又故作轻松地笑笑，“如果在上学的时候，有这样一条虫就好了，妈妈再也不用担心我的学习。不过说到这里……”他抬头看着白雾里的校门口，“虽然我感觉以前来过这个山坡，但是我对这个小学没什么印象，所以我们还是要进这学校里去看看。”

Lolita 点点头，主动牵起了水哥的手，两人向着学校大门口走去。

在学校的围墙下，有两个长长的水泥砌成的绿化池，里面种着一些灌木，绿得很勉强的状态，在黄昏的光线下昏昏欲睡，也不知道是在这个凝固的时空里活了多久。

两人走到两扇铁栅门前，铁门被一条铁链紧锁着，铁栅上锈迹斑斑。在铁门旁的水泥柱上，悬挂着一块木质的牌匾。牌匾的白色油漆斑驳不堪，黑色大字也掉落了大半，但依稀可以辨认出七个大字 —— 官亭镇第一小学。

水哥和 Lolita 对视了一下，这里果然是一所小学校园。他的眼光越过铁门，望向里面的水泥地操场。刚才广播体操的声音，就是从这个方位传来的，虽然操场上也有一团白雾，但很清楚的是，没有一群正在边打闹边做广播体操的小学生。

看来，这是一所空荡荡的废弃小学。

水哥推了推铁门，没办法推开，于是他对 Lolita 说：“看来只能爬过去了，你能行吗？”

Lolita 点了点头，这扇才两米高的铁门，明显难不住长腿妹子。

水哥把运动桶包摘了下来，示意 Lolita 等会儿再扔过去。当他双手拽着生锈的铁管，正要往上爬的时候，却被 Lolita 拖住了衣角。

水哥奇怪地回过头去，“怎么啦？”

Lolita 的表情非常惊恐，“Water，我想起来了……”

水哥抚摩着她的肩膀，“想起什么了？不着急，慢慢说。”

Lolita 指着水哥身后的那块牌匾说：“我想起这个学校了，在我们隔壁市。我听家里大人说过，在 1986 年的夏天，下了场特别大的雷暴雨，结果学校背后的山塌方了，就把整个学校都埋掉了。”

水哥不寒而栗，下意识地离那铁门远了一点，颤声说：“死了多少人？”

Lolita 努力回忆着说：“幸好是星期天，不用上学，就死了两个校工，还有一个音乐老师和三个学生，听说是在大礼堂里练手风琴的。”她语气随之一变，“可是当雨停了之后，那时候也没有什么厉害的机器，隔壁市出动了几千人来挖，怎么都挖不到学校的遗址……”

水哥回过头去，看着这个空无一人的学校。看来是雷暴雨或者别的什么东西触发了某种机制，把整座学校平移到了这个错乱的时空里。这样的话，那几个校工、老师和学生呢？

水哥看了一眼旁边的门卫室，里面当然是空荡荡的，鬼影都没有。他深吸了一口气，安慰 Lolita 说：“不要怕，那么阴森的地下车库，我们都闯了出来，一个小学校又怎么能吓倒我们。”

Lolita 点点头，脸上的表情很凝重，似乎尽量让自己去相信水哥的话。

水哥继续安慰道：“现在我们过来的桥断了，小王和 Shirley

只能被困在地库里了。我们的对头只剩下小陈一个，我们把他找出来，解决掉，然后再找到出口，我们就能逃出去啦。”他紧握着Lolita的手，“出去之后，我就跟女朋友跪下道歉，然后跟她分手。我们……”

他已经没有必要再往下说了，因为Lolita正盯着他看，眼神里闪烁着噼啪作响的小火花。她心里对未来的希望，又被水哥这几句话点燃了。

水哥要的就是这个效果，他转过身去，手脚利索地开始爬门。

铁栅门看着蛮好爬的，实际上也是。水哥轻松地翻了过去，让Lolita把桶包从头顶传过来，然后Lolita也爬过了铁门。

这所小学的构造，跟中国其他小学差不多。校门一进来就是水泥地的操场，边上有升旗台。操场的另一边，正面对着校门口的地方，是一栋六层的教学楼，每层有五个教室。

如果按照一个班六十个学生来算，那么这个学校，有一千八百名学生。

在教学楼左边，有一个大礼堂，相对于这个学校的规模而言，礼堂建得有些大了，一千多个学生，加上全体教职工，在里面排排坐下开会，应该不成问题。

水哥牵着Lolita，横穿过操场，向教学楼走去。

不变的黄昏光线，照在整座小学里，除了鞋子踩在水泥地上和衣服摩擦的声音之外，这里静得让人发慌。在阴森的地下车库里，因为有心理预期，里面是没人的，反而不会这么害怕，但这本应该是小学生打闹的学校里，竟然也鸦雀无声，一点动静都没有，反而更加瘆人。

两人走到教学楼下，所有教室的门都锁着。教室的窗户都是二十世纪八十年代那种木窗棂的，嵌着一片片鼠标垫那么大的玻璃。水哥趴在一扇窗前，往教室里看去，玻璃很脏，所以隐约看到里面桌椅摆放整齐，黑板擦得干干净净，几张课桌上还放着书跟作业本。

当然了，教室里没有一个人。

水哥回过头来，刚要对 Lolita 说什么，突然间，大礼堂那边传来哐啷一声巨响。这个声音，像是一扇铁门掉到了水泥地上，震得两人耳朵难受。

水哥看着 Lolita，“你刚才说，山泥倾泻的时候，礼堂里有个音乐老师在给学生补习？”

Lolita 紧紧抓着水哥的手，“是……是的，不会是他们变成鬼了吧？”

水哥嘿嘿一笑：“我从来不信鬼，再说鬼哪有人可怕。走，我们过去看看。”

两人又沿着操场边上的校道，走到了大礼堂的门口。礼堂的门也紧锁着，水哥尝试着推了几下，没能推开。

水哥后退两步，发现在大门两旁的水泥墙上面两米多高的地方，有一排通风的气窗。气窗是方形的，直径半米，从气窗应该可以很好地观察整个礼堂。

他看来看去，周围都没有能垫在脚下的东西。然后水哥又退后几步，跑过来往上跳，就是差那么一点，还是够不到气窗的下缘。

这时候，Lolita 给出了一个主意，“Water，要不我坐你的肩膀上看吧。”

水哥怔了一下，回想起在电梯里，小王也是坐在他肩膀上，慢慢爬出电梯通风口的。然后，小王就被黑雾削得只剩下几片皮。

当时的恐怖情景一直都没有跟 Lolita 说过——第一是没有这样的空余时间；第二说出来除了吓到 Lolita，没有别的用处。

水哥考虑了一下，这里没有密闭空间，不会出现跟电梯里一样的情况。而且，刚才那哐啷一声，万一是小陈在里面打开了什么通向外界的秘密通道，不赶紧看一眼可是亏大了。

于是，水哥同意了 Lolita 的建议，把运动桶包放到地上，又靠着墙半蹲下来。

Lolita 虽然提出了这样的建议，但真的做起来的时候，还是蛮害羞的。她穿的是一条棕色的短裙，把两条黑丝大腿架上水哥脖子的时候，那种谜一样的温柔触感，让水哥差一点就要不行了。

不过，他还是把持住了。

水哥等 Lolita 坐好后，慢慢站起身来。Lolita 微微支起身子，双手应该是抓住了气窗的边缘，朝礼堂里面看去。

水哥扶住她的腰，问道："怎么样，里面有什么？"

她似乎被里面的景象震惊到了，三秒都说不出话来，然后浑身微微地颤抖。

水哥有点紧张，忙又问："怎么了，Lolita？"

她的声音从头顶上方传来："好多，好多……"

水哥倒抽了一口冷气，起了一身的鸡皮疙瘩。他突然想起，在电梯里的时候，钻进黑雾的小王也说过同样的话。

水哥勉强镇定下来，追问道：“好多什么？”

Lolita 情绪似乎也稳定了一些：“里面有好多人站在那里，一动不动。不……不对，是好多的兵马俑！”

水哥心头一震，回想起在报废的 Mini Cooper 上找出跟自己身高一致的兵马俑时，小王说过的一句话。他说的是，知道这东西哪里还有。水哥当时以为，小王说的“哪里”指临潼的兵马俑坑，所以压根没搭理他。

难道说，小王不是指电视上看到的兵马俑坑，而是指他亲眼所见的这个大礼堂？

水哥又想起，在电梯通风口里的时候，小王说了句“啷个这里也有”，而且重复了几遍“好多”。现在想起来，他应该是在通风口的黑雾里，第二次看到了这个礼堂，里面好多的兵马俑！

按照这样推断，小王第一次看到这个大礼堂，应该是在连接地库入口那道斜坡的黑雾里。可惜，当时水哥没有仔细去分析他的话，然后，小王就惨死在黑雾里，变成了山寨版。

水哥想起最初自己打算走进黑雾里时，被小陈制止了；之后小王说黑雾里有大秘密，自己也没当回事，被小陈一催，就跟他去负三层找 Mini Cooper 去了。

也就是说自己从始至终都没有进过连接地库入口那道斜坡上的黑雾，而且不出意外是小陈暗中阻挠的缘故。

水哥又联想起一件事，山寨版的体重会变重很多，难道说他们都是兵马俑变的？不过一个石头兵马俑起码得上千斤，如果 Shirley 真的有那么沉，应该把汽车引擎盖压出个坑才对，可惜当时没细看。

想到这里，水哥倒吸了一口冷气，如果礼堂里“好多”的兵马俑，会变成“好多”的山寨版，那他和 Lolita 可就难逃一劫了。

他拍拍 Lolita 的腿，紧张地问：“里面有多少兵马俑？”

Lolita 不愧是 IT 公司里的妹子，没有给出“整个礼堂都是”之类的答案，而是认真地数了列数和排数，算了一下说：“有八百多个。”

水哥吞了一下口水，“八百多……他们就好好站在那里吗？会不会动？”

突然，Lolita 激动地喊道：“那里！”

水哥吓了一跳，“怎么了？兵马俑动起来了吗？”

Lolita 的语气有点疑惑：“Water 你说什么？兵马俑会动？我是说那边有个打开的小门，可以进礼堂里面。”

水哥松了口气，幸好这些兵马俑不会动，起码是暂时不会动。要不然的话，八百多个兵马俑都活过来，冲出礼堂，马上就把他们两人活剥了。

不过话虽如此，一个小学礼堂里摆着那么多兵马俑，肯定有古怪的地方，都来到这里了，不进去看看实在说不过去，可如果进去，万一是陷阱的话……

Lolita 却没有想那么多，她让水哥把自己放下来，然后就拖起水哥的手要走。

水哥一边背起运动桶包，一边问：“去哪儿？”

Lolita 的声音里带着兴奋：“绕过这里，从那边的小门进去啊。

我只在电视上看过兵马俑呢，那个跟你一样的碎掉的不算，现在居然能亲眼看见这么多……那时候的美术风格很有趣呢。”

水哥想着，如果把在负一层找到的新的 Mini Cooper 上，找到了一个跟她一模一样的兵马俑的头这件事告诉 Lolita，她还会不会那么开心地冲进去看？

他跟着 Lolita 的脚步，小跑着向前，算了，这种压力就留给男人自己承担吧。等下进到礼堂里之后，小心一点就好。说不定，逃出这个诡异空间的通道，就藏在这个礼堂里。

两个人一路小跑，很快就绕过了礼堂这边，果然有个半掩的小门，Lolita 一推就开了，两人一前一后走了进去。

“哇！”

Lolita 刚才已经看过了这些兵马俑，所以被场面震惊到而叫出声来的是水哥。

黄昏的光线从四面墙上的气窗照进来，在这个巨大的礼堂里，摆满了灰黄色的兵马俑。

兵马俑的个子都很高，要抬头才能看到他们的脸，体型和碎掉的那个不太一样。但是仔细一看，原来是这些兵马俑都踩着个五十厘米高的石头底座，如果去掉底座，那大小就跟真人一样，都是些一米七五以上的魁梧汉子。

这些兵马俑排成了一个壮观的方阵，水哥站在门边仔细数，二十七个横列，二十七个竖排，相乘的话是七百二十九个，而不是 Lolita 数的八百多个。

Lolita 兴高采烈地跑了过去，站在最靠近的一个兵马俑面前，仔细观察着。她先是摸着兵马俑下身的裙子，又踮起脚来去摸上半身的铠甲，感叹道：“Water 你快来看，秦朝的人好厉害啊，做得好好！”

水哥走到 Lolita 身后，她又开始大呼小叫：“哇，Water 你看，这个兵马俑在笑呢！”

水哥也抬起头来，果然，从这个角度仰视去看兵马俑的脸，兵马俑两边嘴角向上翘，明显是正在笑着。

他走了几步，看了两三个兵马俑，脸上都有着明显的笑容。水哥努力回忆电视上、课本上看到的兵马俑，都是面无表情才对，这里的兵马俑却全部在笑，不知道表达的是什么意思。

正当水哥想得入神的时候，Lolita 发出了一声惊恐的叫声。水哥快步赶过去，发现地上躺着一具成人大小的白骨和三具小孩子的骸骨。

水哥想这些应该是跟学校一起消失的一位老师和三位学生吧，那两个校工的尸骸估计也在小学某个角落躺着呢。不出意外，他们应该是被活活饿死渴死的。想到他们等待死亡慢慢降临的绝望心情，又想到现如今自己的困境，水哥不禁有些恐惧。

水哥摇摇头，驱赶走负面情绪，四处走动起来，突然脚下哐啷一声，低头一看，原来是踩到了一片斧头形状的青铜。再看一眼兵马俑的右手，手掌弯曲成一个空心的筒形，想来应该是当年用木头做的斧柄，随着年月流逝，木头腐烂了，于是青铜打造的斧头就掉在了地上。

他蹲下来，想要捡起地上的这块斧头，却发现了另一个奇怪的地方。

记忆中，兵马俑所踩着的，就是一块平平无奇的大石块而已。但是，这里的兵马俑，待遇却要高得多，他们脚下的石头底座不光更高、更宽，而且上面还有浮雕。

浮雕是向前凸起的半球形，形状似曾相识。

水哥凑过去看，果然如他所猜测——虽然石制的浮雕没有青铜门上的精细，但是很容易看出，两者所描绘的是同一样东西。张开的圆形血盆大口，里面密布着尖锐的牙齿，而眼睛、鼻子、耳朵，还有小得可怜的犄角，都被挤到了跟底座本体接近的地方。

是的，就是刚才跃出水银湖的那个怪物。如果按照小陈所说，就是传说中光吃不拉的貔貅。

水哥回想起那头巨型红色貔貅，挟带着风雷之势，跳出水银湖的一刹那，还是心有余悸。如果落到它篮球场大的巨口里，肯定不劳烦它老人家嚼，直接就吞了下去。

不过，这个石头底座上的貔貅脸，又是个什么意思呢？

第十章

真相大白

貔貅脸是刻在石座的正面，和兵马俑同一个朝向。水哥绕到兵马俑左边，这里是光秃秃的一片，然后他又走到石座背面，这里同样没有浮雕，却有比浮雕更具价值的东西——小篆！

如果是以前，水哥看着这些小篆，肯定会如读天书，不知所云。但是自从在青铜门被咬之后，水哥却开了个外挂——他脑子里有比步步高点读机好用一万倍的怪虫。

水哥蹲下身来，用手去抚摩着那些雕刻在石头里的文字，脑子里涌起了熟悉的酥麻感。

他一边看，一边不由自主地读出声音来：“张庆金，十七岁，济北郡人。秦朝五年，应丞相的命令，到南海郡海外天禄仙岛，为皇帝修陵。”

水哥看得摸不着头脑，前面的这些倒好理解，说明这些兵马俑确实是按照真人来雕刻的，这里记载了他简单的生平。

后面两句就奇怪了，在那水泥房间里的笔记本上，明明写着徐福带一群人，来南越的天禄仙岛找不死灵药，这里怎么就变成到南海郡修皇帝陵墓呢？

如果说南越和南海郡是因为设立郡县之前，对同一个地方的称呼不同，这个还可以理解。但是找不死灵药变成修坟墓又是怎么回事？难道秦始皇那么随性，发现长生不老没办法实现，就索性给自己修个坟？

可是不对啊，秦始皇陵明明是在西安，现在封土还没挖开，好好地躺在地底下呢。

水哥带着这样的疑问，又看了几个兵马俑底座的背部，发现记载的内容大同小异，都是人名、年龄、籍贯，加上来到南海郡的天禄仙岛这件事情。所不同的是记载的年份，从秦朝三年到九年都有，工作的内容也各有不同，有修船的，有挖湖的，有运汞的，甚至还有一个写的是“捕貔貅”。

看来，这个奇怪的地方，包括甬道、软索桥，甚至山谷和水银湖，都是人工建造出来的。而跟甬道相连的，这个两千多年后困住了他和 Lolita 的地库，看上去也是由这群人有意造成的。

虽然不知道他们为什么要这么做，又是怎么做到的，这里面确实有让人无比钦佩的地方。但水哥这时候只想骂一句：你去死！如果不是这群老祖宗在这里瞎搞些什么东西，长生不老，修建陵墓，他和 Lolita 也不会先是被困在地库，现在又被困在山坡上的一个小学，不知道几时才能逃出去。

这些古代的老祖宗，都是些坑后代的货——如果他们有子孙的话。

水哥盯着这些石座朝后退，走到方阵外面，突然之间，却被什么东西绊倒了，咚的一声摔倒在地。

Lolita 听见声响，赶紧过来扶他。

水哥站起来一看，绊倒他的却是一个躺在地上的兵马俑。

确切地说，是摔得四分五裂的兵马俑，身首异处，躯干分成了三段，手脚也散落在地面上。从那辆报废的 Mini Cooper 上搬出来的兵马俑，也是眼前的这个样子。

水哥倒吸了一口冷气，环顾四周，眼前这样倒在地上的兵马俑，一共有四个。

这四个兵马俑，离方阵的第一排都有些距离，在离礼堂的舞台很近的地方。这个位置没有气窗，光线不够，兵马俑又是倒在地上的，更难以发现。

这四个兵马俑，摆放在方阵的前端，而且是横排最中间的位置。可以看出他们的地位比较高，并非普通的士卒，而是兵马俑的头目之类。

水哥皱眉细看，在四个头目兵马俑的脚部，也有着同样大小的底座。可以推测出，他们本来也是好好地站在底座上的，不知道出于什么原因，被从上面推了下来，掉在地上，摔得四分五裂了。

水哥牵着 Lolita，小心翼翼地在兵马俑碎块中穿行，慢慢观察着这四个倒霉的头目。

最左边这个，刚才把水哥绊倒的，是一个穿着铠甲的将军，身材魁梧。从碎块都可以看出，不同于其他的兵马俑，他身上的铠甲精致复杂，滚落在舞台下面的头部，还戴着一个鹿角状的头盔。

第二个兵马俑也是一个甲士，奇怪的是身量很小而且单薄，不光比左边的将领小，比正常的兵马俑士卒小，甚至比报废 Mini Cooper 上的那个都小。他的武器和身材相反，是一把巨大的刀，水哥对兵器不太懂，应该是叫斩马刀吧。这把刀整体都是用金属打造，因此并没有腐坏，刀刃插在水泥地板上，刀柄高高翘起。

第三个兵马俑更为奇怪，让 Lolita 不由得低声惊呼。

“哇，这个兵马俑是女的吔！”

正如 Lolita 所说，第三个兵马俑因为雕刻得更加精细，所以摔得也更碎，但还是能一眼看出，它和之前的两个有所不同。缎带、纱衣，一块圆润但纤细的裸肩，戴着饰品的手腕……所有一切都说明，这是一个女性兵马俑。

而且，可以想象得出，这个兵马俑在完好的时候，艺术风格一定是非常灵动、精致，甚至妖冶。

在水哥能回忆起的所有资料里，他从来没看见过女的兵马俑。只不过，他曾经亲眼见过一个，在负一层那辆失而复得的 Mini Cooper 上。那是一个女兵马俑的头，制作得跟 Lolita 一模一样。

对了！

难道眼前这个摔成碎块的女兵马俑，就是 Mini Cooper 上那个头的身躯？

水哥很快否定了自己的想法，因为他在不远的地方，发现了这个女兵马俑的头。

Lolita 同样发现了这个头，好奇地走过去，弯腰捡了起来，“这个头饰好漂亮，咦……”

Lolita 把那个头翻了过来，哇哇大叫，那个头咚一声掉到了地上。

水哥心里有种预感，但还是问道：“怎么了？”

Lolita 的声音听起来很恐慌：“这个头……这个头是 Shirley！”

水哥确认了心里的想法，这个女性兵马俑，果然是按照 Shirley 的样子来雕刻的，所以从身材跟样貌上都一模一样。

同样的，最左边的那个将军应该是小陈，山寨版小王口中的“校尉”；第二个则是小王自己，因为在水哥闪回的记忆片段里，他看见过小王瘦削的身影，举起巨大的斩马刀，把一个南蛮的士兵一刀劈成两截。

水哥安抚了一会儿 Lolita，就去把这两个兵马俑的头捡起来，仔细辨认。果然没错，这两张脸上的五官，跟小陈、小王一模一样。

现在，三个兵马俑的头，一字排开放在地上。小陈、小王、Shirley，三个兵马俑，三个山寨版。

水哥之前已经知道了一些信息，所以现在还能接受，Lolita 却已经接近崩溃。

她用力抓着水哥的手，“这是怎么回事？为什么兵马俑会跟小陈他们长得一模一样？”

水哥摇了摇头，他也没办法弄清楚具体的原因。

他把目光投向最右边的兵马俑，虽然服饰要比 Shirley 这个简朴、大气，但是仍然可以一眼看出，同样是个女性的兵马俑。

而且，水哥在四周仔细看了下，这最后一个兵马俑，没有头。

没有头的女性兵马俑，又是排在小陈、小王、Shirley 之后，那只能是……Lolita 的兵马俑了。

为了验证这一点，水哥捡起一块手腕的碎块，趁 Lolita 没注意，放在她手腕旁比较了一下。果然，手腕的粗细是一模一样的。

这样的情况反而让水哥搞不懂了。他刚才有个判断，觉得山寨版的出现，跟兵马俑是有关系的。原版被黑雾吸进去，兵马俑被推倒在地，山寨版就取而代之。虽然不知道要怎么解释这个因果律，但先后顺序还是蛮清晰的。

可是，这第四个出现的 Lolita 的兵马俑，又推翻了水哥的判断。

Lolita 的兵马俑也被推翻了，但她却还是原版，而不是山寨版，因为她的体重没有变。这个从刚才爬大礼堂气窗，她坐在水哥肩膀上时就能验证了。

会不会跟 Lolita 兵马俑丢掉的那个头有关？

就在水哥冥思苦想的时候，这个原版的 Lolita 又发现了另一条线索。

她因为害怕那三个兵马俑的头，站了起来，离得远远的，靠近这几个兵马俑的底座。然后，她突然叫了起来："Water 快来，这些底座是空心的！"

水哥一愣，对啊，刚才就应该想到的。这些底座比正常兵马俑的底座要高，而且上面还有浮雕和文字，很可能不光是一块石头，而是里面放了什么。

到底是什么呢？难道是……水哥想到这里，赶紧走到 Lolita 身边，低头朝最左边这个小陈兵马俑的底座看去。

方形的底座果然是空心的，周围的石壁有三根手指并拢那么厚，里面放的不是金银财宝，不是水哥想的尸骨，而是还剩下不到三分之一高的水。

Lolita 刚想要低头去看，水哥突然想到了什么，一把抓住了她的肩膀，把 Lolita 往后拉，“有毒！”

Lolita 吓了一跳，忙说：“什么有毒？”

水哥示意 Lolita 走远些，然后他捡起一块兵马俑的碎块，往那底座里扔去。

碎块砸到底座里，溅起一片水花，银色的……果然，底座里的液体不是水，而是能挥发出剧毒蒸气的水银。

水哥皱着眉头，又朝剩下的几个底座看去。

小王和 Shirley 的兵马俑底座里，一样都是水银，不过小王的看上去很满，Shirley 的差不多还剩一半。如果按照水银蒸发的程度推断，小陈的底座是最早被打开的，然后是 Shirley，最后是小王。

而这个顺序，刚好也就是小陈、Shirley、小王这三个山寨版先后登场的顺序。

一个大胆的设想，就像水银里隐藏的东西一样，慢慢浮现在水哥的脑海。

那么，Lolita 的兵马俑底座里，又会是什么情况呢？

水哥走到最右边，果然，和他推断的一样，这个底座不像前三个一样被打开，而是还覆盖着一层石板。

不对，不是石板，是一块青铜铸成的方形函盖。在这青铜函盖上面，还密密麻麻雕刻着文字。

既然青铜函盖连着石头底座，能完好地保存着里面的水银，直到打开之后才蒸发掉，说明在没打开函盖的状态下，有剧毒的蒸气不会泄漏。

水哥相信自己的判断，于是就跪在旁边，仔细地看着青铜函盖上的字。

当然了，这些字同样是小篆。

Lolita 也忘记了刚才受到的惊吓，蹲在水哥身后，听他解读青铜函盖上的内容。

水哥深吸了一口气，开始把看到的小篆，用自己的语言读了出来。

“徐公以下六男二女，共九人在海难里幸存，最终游到了天禄仙岛的石滩上。登岛后，四处寻找貔貅不得，干粮耗尽，于一潭中捕鱼。百将王奇善水，发现潭中鱼类甚多，唯有一处小溪汇入的地方，方圆十丈内寸草不长，毫无生气。

“百将王奇于是向徐公汇报此事，九人逆小溪而上，在尽头处发现一个山洞。校尉陈岳遣二人执火把入内，两个时辰后从洞口跑出来一人，右手被某种怪物啃噬至肩膀处，神志已近崩溃。被啃噬处骨头发黑似有剧毒，果然半刻后便痛苦而死。

“徐公却大喜，说貔貅就在此洞中。”

Lolita 在身后问：“貔貅？就是我们在桥上看到的那个怪物吗？可是多大的山洞才能藏下它啊？”

水哥嘘了一声，擦去青铜函盖上另外半边覆盖着的石粉，没想到下面的却不是文字，而是刻着一张地图，显示的是天禄仙岛的地形，标注出一个山洞的位置，应该就是发现貔貅的那个山洞。

水哥想了想，决定要把这块函盖拆下来，看看底座里面除了水银，是不是还隐藏着别的东西。可是他看了好一会儿，这函盖的四个边，都嵌在底座的石壁里，严丝合缝。函盖上又没有任何把手可以使力，所以完全没办法从外面打开。

水哥绕着这底座转来转去，没有再发现什么，跟其他兵马俑的底座不同，这四个特殊的底座上没有貔貅浮雕和主人的介绍，而是四面都雕满了图案，展示的是一群秦朝人在开山、造湖、祭祀、献祭的画面。

有一只巨大无比像是鳗鱼的怪物，水哥和 Lolita 刚才见过本尊，就是那条水银湖里的红色貔貅。

让水哥不解的是，在另一个浮雕里，还雕刻着一条手指那么粗细的虫子，看上去像是缩小了十万倍的貔貅，爬在一个方鼎的边缘。难道说，这怪物能随意改变体形？或者这是幼年时期的貔貅？

除此之外，从这些图案里，水哥看不出太多的故事情节。

Lolita 兵马俑底座的这块青铜函盖，上面所写的小篆，明显是和三合板房间里笔记本所写的前后衔接。但是，接下来的内容呢？

按照道理来讲，从右到左的小王、Shirley、小陈的青铜函盖上，会雕刻小篆，记载着接下来发生的事件。可是，水哥在四周找来找去，却根本没发现这些函盖。

那么大那么沉的盖子，会收到哪里去呢？难道给小陈吃了吗？

刚想到这里，水哥突然发现，在一条兵马俑的大腿碎块下，露出一截红色的东西。

水哥走过去，用脚挪开兵马俑碎块，那下面压着的赫然是红色的撬棍，小陈之前拿的那根。

水哥心里大喜，没有去想小陈的撬棍为什么在这里，只顾着要捡起那根撬棍，这样就能撬开 Lolita 兵马俑底座的青铜函盖了。

当他蹲下去的时候，突然间，那熟悉的感觉又来了。红色的光芒从撬棍的顶端扩散，突然间就铺天盖地，把水哥完全笼罩进去。

耳边是丝竹之声。

当红色光芒褪去的时候，水哥首先看到的是自己的手掌，掌心向上举在眼前，手指合拢，只有食指向外伸出。

手上空空的什么都没有，突然之间，一条绿色的虫子从掌背翻了过来，一下子爬到食指顶端。

那绿虫子长短粗细都像是小指，周身布满细密的鳞片，头朝着天上的太阳晃来晃去，突然扭过头来向着水哥——嘴巴里布满了细密得看不清的牙齿。

水哥吓了一跳，想要大喊，也想要赶紧甩掉那虫子。但是他现在所在的这个躯壳，却和前面几次闪回时一样，五感清晰，但行动丝毫不受他的控制。

突然，一双柔若无骨的细手，从背后捂住了他的双眼。

“猜猜我是谁？”

好听的妹子声音，也是用同样的鸟语说的，但现在水哥能听明白了。

水哥，或者说水哥暂时附身的这个人，在那么多次闪回里，第一次说话了。

“姒姬，小心，别被人看见。”

让水哥心里大吃一惊的是，这个嗓音，也是三十岁的壮年男子，低沉有力，跟自己的一模一样。

而且这个“姒姬”的发音，赫然就是在车库里的时候，小王提到过的，当时水哥听成“四鸡”的称呼。

在那时候，水哥就猜想姒姬会是 Lolita，现在更是好奇了，可惜他没法扭过头去看。

不过验证这个想法并没有等太久，姒姬马上就放开了捂着他眼睛的手，啪的一声坐在水哥右边的草地上。

水哥转过脸看去，这个女人不是 Lolita 又是谁！

只不过认真看去，这张脸上的五官虽然和 Lolita 完全一样，但结合皮肤和表情来看，年纪却要轻上几岁。Lolita 在十八岁那年，应该就是这个样子。

只见 Lolita，不，姒姬正嘟着嘴，看着对面山坡上橙红的夕阳，山坡下的湖水，在夕阳下闪烁着异样的光芒。

姒姬穿着白色丝绸上衣，大红色的长裙，外面还罩着一层纱衣。这种款式的衣服，给水哥的第一个感觉，像是日本神庙里负责祭祀的巫女。

只见姒姬满脸的不开心，也不迎合水哥的目光，只是嘟着嘴，一副小女生的神态，“这也怕那也怕，还是男人吗？”

水哥附体的这个男人苦笑了一下，“你说得对，我不是男人。”

姒姬看见水哥这样子，又不忍心了，轻轻拍了一下水哥的手背，“傻瓜。”

她看着对面山坡上的夕阳，长叹了一口气，“在这里待了那么久，终于要回去了。”

水哥呆头呆脑地问：“回咸阳不好吗？有好吃的，有好玩的，你们女孩子应该开心才对。”

姒姬听他这么说，又生气了，嗔道：“你是白痴吗？”

水哥不明就里地挠挠头，不知道是怎么得罪了她。

姒姬生气地敲了一下他的头，然后又转过脸去，用低得几乎听不见的声音说：“回到咸阳，就不能跟你在一起了啊。”她又叹了一口气，“这里还叫什么仙岛，根本就是个蛮荒之地，除了一个大池子，两条怪虫，什么都没有。你还得天天伺候这小怪虫，又不敢让人知道我们在一起，见一面还得约在这没人的地方……可是，再怎么说，我们还能这样坐在一起聊天。”

姒姬拔下一根草，用力扔向脚下的水银湖，“回了咸阳，丞相不会让我们再见面的。”

水哥所寄身的这个男人，感觉就是个木讷的程序员，明明女孩子是在发脾气撒娇，顺带表达爱意，他解释的却是必须回去的原因，“我必须回去，把这个带给始皇帝。”他举起右手，那绿色的怪虫在掌心里，直立起上半身，诡异地点了点头，像是能听得懂水哥的话。

水哥继续解释：“还有，这个岛上的银龙湖修好了，你也要回咸阳，把地下那个湖和这里连接起来，如果成功的话，始皇帝的愿望就能实现了，他会永远活着，永远统治天下，永远当是我们的皇帝。”

那根草被山风吹起，向着对岸的黑色巨岩飘去。

两个人就这样坐在山坡上，时间和声音一起凝固了。

姒姬站起身来，故作轻松地说："不说这个了，你说，回去咸阳，皇帝老头子会给我们什么奖赏？会给你几十个美女吧？哼，不过肯定都没我美。"

水哥沉默了一会儿，小心翼翼地说："姒姬，不一定有你想得那么好。"

虽然古代的人寿命短，成熟得也早，但姒姬毕竟只是个十七八岁的少女，没有城府，更不会掩饰自己的情绪。

听见水哥的话，她脸上的表情马上就变了，不高兴地问："你说的是什么意思？我们帮皇帝老头子当了神仙，好吃的好玩的，当然要多少给多少了！"

水哥附身的男人点了点头，"我指的不是这个，要是我们完成了这个任务，绫罗绸缎、黄金珍宝、美女宝马，甚至爵位和封地，相信始皇帝和丞相大人一定不会亏待我们，这是毋庸置疑的。"

姒姬轻轻踢了他一下，"那不就行了吗？你还想要别的什么？"

水哥深深吸了口气，"姒姬，你知道始皇帝是要当神仙的，你比我更清楚，他要靠的是这个宝贝。"

水哥又举起了右手，绿色怪虫在夕阳下闪烁着异样的光芒。

"公龙。"

姒姬嘟着嘴巴说："什么公龙，叫得那么好听，不就是一条破虫子，公貔貅嘛。这个我当然知道，到时献祭的仪式上，还要靠我来唱歌的呀。"

水哥点点头，继续说："你也知道，始皇帝虽然当了神仙，不老不死，但是却没有真正神仙的法力。始皇帝之所以能统一天下，靠的是雄才大略，还有为他冲锋陷阵的小兵。他当了神仙，要一直统治天下，同样要靠给他冲锋陷阵的小兵。”他又苦笑了一下，“同样不老不死的小兵。”

姒姬似乎明白了什么，脸上表情也变得凝重起来。

水哥感受到了所附身男人的心跳加速，似乎准备说的话，让他这个木讷的男人也变得情绪激动了。

“我们都知道，公龙只有一条，是要献给始皇帝的。其他人要实现不老不死，只能用另一个方式。”他左手指了指脚下所谓的银龙湖，“让公龙把自己的脑子吃掉。我们亲眼见过，那个过程有多痛苦。而且这种方法跟始皇帝的成仙方法不一样，就算睡了两千多年再醒过来，但那个时候的自己，已经不是现在的自己了。我们的脑子被公龙吃下去的时候，其实就已经死了。”

迟疑了一下，水哥深深吸了一口气说：“我们都是始皇帝的得力手下，他一定想要我们继续给他效劳的。”

姒姬听得都快哭出来了，“不会这样的，回去我求求丞相就好了，毕竟他是我……”

水哥又苦笑了一声：“没用的，姒姬，因为我们知道得太多了。我们不光能让始皇帝成神仙，也能让他成不了神仙，这样对始皇帝是一个巨大的威胁，他不会允许我们活在陵墓外面的。”

姒姬慌了，弯下腰来猛地抓住他的肩膀，“我们该怎么办？徐公说了，下个月就要回咸阳。”

水哥握住她的手腕，轻轻地抚摩着，“不要怕，不要怕。”

“不怕才有鬼！ Water，你快醒醒！”

水哥再次睁开眼睛的时候，Lolita 正抓着他的肩膀，而自己的左手也真的搭在她手腕上。

水哥赶紧看一眼自己的右手，那上面并没有绿色的怪虫。

对了，怎么会在手上呢，那虫子可在自己脑子里。

水哥没推测错的话，在青铜门那里被咬了一下，从而进入自己身体的那绿色怪虫，就是刚才闪回时男女主角说的公龙，公貔貅，管它叫什么玩意儿。

可是，这不是秦始皇成仙的灵药吗？难道说自己上辈子是秦始皇？这可就牛了……

不对，如果真是这样的话，那水哥闪回的时候，应该是以秦始皇的视角。水哥的上辈子不会是秦始皇，而是他一直附身的那个男人。一定是什么原因，让他没把怪虫献给秦始皇，而是自己用了。

毕竟那是能让人长生不老的秘密啊。

那个男人和姒姬还提到了沉睡两千多年后的复活。水哥回忆了一下高中历史，秦朝是在公元前 221 年成立的，那时候说的两千多年后，正好就是现在。

一瞬间，他脑海里闪过了很多画面——水泥房间里自己写的笔记，还有各种年代身穿不同服饰的自己从桥上走过的画面。

难道说，这就是他们提到的复活？自己和 Lolita 所经历的一切恐怖，都是为了复活自己？

水哥被自己的想法吓到了，呆呆地站了起来，也不管 Lolita 对他的紧张和关心。

那个男人说，另一种长生不老的方式，非常残忍，是被公貔貅吃掉脑子。然后，再以某种方式保存下来。

如果这样推测，那么这个大礼堂里的兵马俑，其实就是一个个石棺，石棺上面放着墓主本人的雕像。而在石头底座的水银里，浸泡着被公貔貅吃掉脑子后的尸体。

而尸体在触发了某个条件——比如原版被黑雾吞噬——然后复活，就变成了体重比正常人大、力气更大的山寨版，可以从里面拉开青铜函盖，甚至自己把兵马俑推倒，再从底座里爬出来。

水哥倒吸了一口冷气。

要证明这个推测很简单，撬开 Lolita 兵马俑的青铜函盖，再戳一戳就是了。

水哥快速捡起地上的红色撬棍，走到那个石头底座前，把撬棍一下插进缝隙里。

突然间，是他眼花吗，在对面的方阵里，有个兵马俑动了一下。

水哥抬起头来，看着对面方阵那个兵马俑。兵马俑脸上的笑容和整个身体，同样凝固在两千多年的时光里，纹丝不动。果然，只是自己眼花了。

水哥于是重新低下头，双手握着红色的消防撬棍，尖头插进了青铜函盖和石壁之间的缝隙，利用杠杆向外推去，函盖也慢慢向着自己这边打开了。这个姿势比较别扭，再这样撬下去，函盖移开时就会撞到自己身上，所以水哥决定换个方向。

他移动到石头底座的后部，双手握着撬棍，继续用力往外撬。水哥使出吃奶的力气，函盖也才移动了不到一根手指粗的缝隙。他卧推九十公斤的力量，再加上工具和杠杆原理，还撬得那么吃力，看来复活后的山寨版果然是有神力，要不然的话，不可能从底座里面打开函盖。

水哥深深吸了口气，继续用力撬，突然间，站在他对面的Lolita惊慌地大叫起来：“后面！”

水哥刚来得及回过头，只见身后那个兵马俑咚的一声，从石头底座跳到地板上。它伸出长而有力的右手，一把掐住了水哥的脖子，水哥感觉喉结都快被捏爆了。

水哥大惊之中，下意识地去掰兵马俑的右手，却掰下来一堆泥粉。

那兵马俑身体纹丝不动，右手缓缓举起，竟然是凭一只手就掐住水哥脖子，把他举到双脚离地。

水哥慌乱中喊出的第一句话是：“Lolita，快逃！”

兵马俑本来向上翘着的嘴角，慢慢向下，变成了一副似笑非笑的表情。

这个表情，水哥很熟悉。

水哥用力朝它眼睛打了一拳，但兵马俑的表情完全没有改变，似乎一点也不在乎，只是脸上的泥粉倒掉落了一块，露出下面的人类的皮肤。

水哥的脖子被掐着，没法发出声音，只能在心里大喊：“小陈，小陈！”

他的呼吸无以为继，喉咙发出呃呃的痛苦声音，双眼边缘渐渐陷入黑暗。

水哥用最后的力气，勉强侧过脸去，想要确认Lolita是不是安全逃掉了。

他看见的却是这样一幅情景，一个身材矮小的男人和一个丰满的女人，正按着 Lolita 的肩膀，强迫她跪在某个石头底座前面的地上。

水哥昏迷前的最后想法是：如果那个石头底座是空的，把 Lolita 放进去，再关上青铜函盖 —— 这就是一个密闭空间。

水哥重新睁开双眼时，以为这又是一个闪回的场景。

因为，眼前的一切太虚幻了。

整个天地之间，再没有白色的棉花糖般的雾气，而是充斥着耀眼的红光。红光从脚底下的水银湖发出，在某种怪异的力量下，原本银色的湖面变成了鲜血的红色。

母貔貅鳞片的颜色。

不光如此，水银湖以学校所在的山坡为圆心，形成了一个巨大无比的漩涡，正在快速地旋转着，掀起滔天的巨浪，狠狠拍打着四周围成一个巨桶的黑色岩石。

如果有足够的勇气，从轰隆隆的巨响中，勉强静下心来，就会发现整个山坡，正在以肉眼可见的速度，向着漩涡的中心沉没。

不用过多思考，都能知道漩涡下面，是红色巨型母貔貅那张越变越大的血盆大口。

现在的水哥，正站在学校门口的平台上，背朝着校门，另外的三面山坡，曾经有着二十七条软索桥，连接着二十七条甬道。在漫长的两千多年里，曾经有二十六个人，被公貔貅所寄生，然后从软索桥走到这里。

然后，公貔貅吃掉了他们全部的脑子，把那辈子所有的记忆和技艺储存下来，再驱使剩下的躯体跳进水银湖，成为母貔貅的点心。

而这一切，都是现在代替着水哥海马体的那条怪虫，反过来告诉他的。

这不是闪回的画面，因为水哥发现，他可以自由地控制身体。

他低下头，在他面前的黄泥地上，跪着三个人。

现在他知道了，这是两千多年前他最心爱的部下。

而他自己，是大秦的右将军霍岩。

当年，带着他们来到天禄仙岛的方士徐福，发现貔貅洞之后，面临的困难是要把消息传回大秦，于是便伐木为舟，派遣两人告知始皇帝此事。两人在海上漂流的时候，恰好遇到了始皇帝派来支援的船只，然后两人引领船只返回了天禄仙岛。

徐福对此奇迹赞叹道："天佑大秦，天助始皇帝。"然后耗时几天几夜，制定了一套详细殷实的计划，刻于船只带来的竹简上。之后这份计划书漂洋过海来到了始皇帝身边。

始皇帝看完大喜过望，很快从大秦各地征召了七百多名将士，备齐了所需的各种物资。就这样，为了始皇帝长生不老的欲望，一支由几十艘船组成的船队，浩浩荡荡地向天禄仙岛进发了。

此次的工程量相当巨大，不亚于再建造一条万里长城。参与此项工程的人在天禄仙岛上一待就是好几年，霍岩、陈岳、姒姬、徐福等人当然都在内。霍岩和姒姬在朝夕相处中互生情愫。

一次偶然的机会，霍岩无意间撞破了徐福的秘密——原来始皇帝被他蒙骗利用了，他做这一切是为了让自己长生不老。

徐福担心霍岩会向始皇帝告密，便捏造了一个莫须有的罪名——霍岩与姒姬密谋意欲背叛始皇帝，阻挠升仙的伟大工程。

徐福下令夺去霍岩的兵权，并让校尉陈岳将其斩首。

徐福虽通鬼神之术，却不能看穿人心。他不知道，姒姬爱霍岩，但是陈岳更爱霍岩。

实际上，霍岩和姒姬从未有过肌肤之亲，而他和陈岳自从十二岁起，便每晚在军帐中同眠。

在那个时代，断袖分桃、龙阳之好，并不是什么丢人的事情。

所以，陈岳杀了徐福，把他扔进了银龙湖。一代天下大方士，仙师鬼谷子的关门弟子，最后就死在自己养大的怪物口中。

无论徐福是否真的该死，杀了徐福，按照始皇帝多疑的性格来看，所有人的结局只有一个：死。

他们都愿意去死，只为了一个人能活下来：霍岩。

对于七百多名从大秦各地征召而来，在天禄仙岛上同甘共苦了六年的将士来讲，霍岩是体恤下属的好将军，而始皇帝只是遥远咸阳的一个符号。这个符号，带给他们的是强制征召、家破人亡的痛苦回忆。

回咸阳，也是被制成“神兵”而死，等待两千多年后的复活。

还不如，就为自己尊敬的人而死。

他们把霍岩绑了起来，在陈岳的主导下，遣散了从南海郡、桂林郡、象郡征召而来的六万多民夫，然后，提前开始了升仙的祭祀。

咒文的吟唱自然是交给姒姬，月中仙人宋毋忌的女弟子。而跳给公貔貅看的舞蹈，则是由佘玄来完成。

仪式一旦启动，天禄仙岛就变成了一个孤岛，掉进了时空的缝隙里。等咸阳那边知道之后，已经无力回天。先前挖好的皇陵和水银的江河湖泊，因为没有公貔貅的点睛，无法跟天禄仙岛上的银龙湖连接起来，只能沦为巨型的池塘和假山。

在陈岳的授命下，姒姬指挥公貔貅，吃掉了七百多个将士的脑子，再把他们的尸体放入石头底座，浸泡在水银中，封上青铜函盖，再一个个竖起半年前制作好的兵马俑，这样才算完事。

想象那种惨状，公貔貅虽然热爱人脑，但享用美食的速度并不快。

所有人，亲眼看着自己朝夕相处的好兄弟七窍流血、痛苦万分地死去，然后轮到自己。

没有人愿意承受最后死去的痛苦，每个人都抢着最先去死，最后只能靠抽签来决定顺序。

这里面，也包括六年前一起在海难里逃生的王奇和佘玄，一对同样不应该在一起的痴男怨女。

然后，在被绑起来的霍岩面前，陈岳用剑夹在姒姬的脖子上，逼着她吟唱咒文，让公貔貅吃掉了施法者自身的大脑。

陈岳取出公貔貅，把姒姬也封进兵马俑里，然后解开了霍岩身上的绳子。

这样，霍岩只能把陈岳杀死。

不需要他自己动手，姒姬在死之前，已经吟唱了预设的咒语，让公貔貅把陈岳的脑子也吃光。

第十一章

请坐我右边

到了这个时候，霍岩没有办法停下来了。

七百多个人死了，姒姬死了，陈岳死了，只是为了让他活下来。然后，他们静静躺在石头的棺材里，等待两千多年后的复活。

虽然，他们已经死了一次，但是按照徐福所说，复活的他们会带着这一辈子和两千多年后那辈子的记忆。两辈子的记忆并行不悖，存在于同一个躯体里。

两千多年后，这七百多个人都会再活过来，跟霍岩一起并肩作战，谈笑风生。

包括陈岳。

包括姒姬。

霍岩没有办法拒绝这个诱惑。

他把陈岳也放进了他的石头底座，封上青铜函盖，再割断绑在石梁上的绳子，让兵马俑降到底座上。

当最后一个“神兵”被放置好，序章结束，真正的仪式——成仙的仪式宣告开始。

银龙湖像现在一样，变成了血红色，掀起巨大的漩涡。放着七百多个兵马俑的石头宫殿，慢慢下沉，最终被母貔貅巨口里的黑雾吞噬。

从此，天禄仙岛，连同与二十七个甬道相连的地下空间，一起漂浮在时空的缝隙里。

有时候，它会在大海的最深处。有时候，会在秦朝时的宫殿下，偶尔能听到编钟和埙的乐礼声。有时候，它在草原之下漂浮，顶上会有训练的士兵和奔马经过。

这样的话，官亭镇第一小学失踪之谜就能得到很好的解释了，并非毫无科学依据的灵异事件，而是小学掉进了时空缝隙，与天禄仙岛所在的时空融合了。与此同时，两个时空中的事物也产生了融合。这样一来，小学礼堂中有七百多个兵马俑也就不足为奇了。

在漫长的两千多年里，二十七个有去无回的时空缝隙，依次打开。成仙之人在当世的替身，在宿命的驱使下，毫不知情地进入其中。他们为了打开青铜门，都把手伸进了青铜貔貅的嘴巴里，让公貔貅寄身其中。

然后，在公貔貅的驱使下，他们会走过软索桥，被吃完脑子之后，又像牲畜般被驱使着跳入银龙湖。

在前面的二十六个替身中，有巨贾、文豪、政治家、格斗家、医生、乐师、畜牧师——代表着这个时期的最高智慧，本职业的最高技能。他们所有的能力，都会被公貔貅保存下来，是为了给经过漫长的历史长河后，这最后的第二十七人——仪式的终结者。

水哥知道，区别于前面的二十六个替身，他不是受害者，而是受益者。

霍金水，游戏公司主策划。

霍岩，大秦右将军。

他们是两个时空里，同一个男人。

如今，所有的苦难都已经过去，所有的机缘都已成熟。这个男人重新回到了天禄仙岛上，站在银龙湖中心的山坡上。母貔貅嘴里的时空隧道，也再次打开。

仪式到了最后的高潮。

只要水哥作出决定，这个山坡上的学校，会和两千多年前的石头宫殿一样，同样沉入母貔貅嘴里。

然后，两个时空会重叠在一起。

石头宫殿会重新浮出银龙湖，天禄仙岛和外界的通道也会被打开。

七百多个将士将一起复活，这是一支不老不死、战无不胜的可怕军队。

对于霍岩，这个公貔貅取代了海马体的成仙之人而言，他的感觉，只是做了一场梦。

这个梦只有一秒，却经历了约两千两百年。

对于霍金水，这个公貔貅取代了海马体的成仙之人来说，他的感觉是，带着这一辈子三十年的记忆，穿越到了秦朝。

两个人合二为一。

然后，他们还将拥有二十六个替身的所有技能，知道所有未来的准确走向。这些技能、预知，再加上那支战无不胜的军队，可以让他轻易推翻秦朝，让新的帝国从亚洲大陆蔓延，最终统治全世界。

这一个帝国的统治时期，是约两千两百年。

至于再经过两千多年后，这个男人和他的不死军队，是会化作粉尘，还是永远地活下去，这个连徐福也不知道。

但是，这已经足够了。在漫长的两千多年里，他可以和姒姬、陈岳一直在一起。

霍金水，不，霍岩，清楚知道，愿意为他去死的人，在复活之后，一定会同样死心塌地地爱着他，为他效劳。

姒姬也会带着 Lolita 的记忆。

然后，霍金水和 Lolita，霍岩和姒姬，可以在两千多年的每一个黄昏，坐在山坡上，或者天下最伟大都城的最高处，或者任何一个他们喜欢的地方，相依相偎，眺望夕阳。

水哥，霍金水，他只需要一个决定。

这个决定就是，让黑雾吞噬现在的 Lolita，复活姒姬，由她吟唱出最后那一段终结仪式的咒语。

“慢，慢，慢！所以你是穿越回两千多年前的秦朝，干掉秦始皇，统一了全世界？而且还成了不老不死的神仙？那今晚和我一起吃火锅，干掉我一瓶麦卡伦二十五年陈的死胖子，又是谁呢？”

我实在没法再忍下去，打断了水哥庞大的史诗叙述。

水哥沉迷于自己的回忆，不，应该是虚构的想象中，好不容易才抽离出来，苦笑了一下，回答我说：“我的记忆告诉我，第一次我选择的是让黑雾吞噬 Lolita，复活姒姬。”

我感到大为疑惑，脱口而出：“第一次？什么意思？难道不止一次吗？”

水哥点点头，说道：“上面讲述的故事，其实我经历过两次。从一开始到需要做出‘是否让黑雾吞噬 Lolita，复活姒姬’的决定为止，我的两次经历是一模一样的。之后，所做的两个选择导致了不同的结果。上一次复活姒姬后，我如愿以偿做到了长生不老，姒姬带着 Lolita 的记忆常伴我左右，还有那支战无不胜的不死军团常年陪我征战四方。在他们的帮助下，我建立了一个横跨亚欧大陆的帝国，这个帝国的疆域随着时间的流逝在不断扩张。两年，二十年，两百年，过了还没一千年，我内心就已经厌倦了这样的生活，枯燥乏味，千篇一律，一切尽在掌控中。我需要新鲜的东西来刺激这死水一般的生活。很长一段时间，我都在寻找那样的东西，但往往都不尽如人意。甚至有时候我会想，如果最初做了另一个选择，结果会是怎样。一开始只是好奇，慢慢变成了后悔，因为复活姒姬，意味着 Lolita 已经死掉了。虽然她这辈子的记忆也会依附到水银浸泡着的古尸上，但是复活了的那个山寨版，甚至不是姒姬，更不是 Lolita，只是一个有着她们记忆的，人不人、鬼不鬼的怪物。我想到自己曾经答应过 Lolita，要把她带出地库。越想越后悔，越想越希望可以重开，就像玩游戏那样。”

我打断水哥的叙述，问他：“按照你初始的说法，你真的做到重开了？”

水哥点头默认，继续讲述：“重开的关键在那只母貔貅——母貔貅嘴里的时空隧道，以及寄生在我体内的公貔貅。为了重开，我付出了惨痛的代价——当我将自己的想法告诉姒姬时，为了验证我的想法正确与否，她背着我偷偷跳进了母貔貅的嘴巴里，然后不知所终。我自私的想法害了姒姬，害了 Lolita。我内心的愧疚之情与日俱增。最后，我决定赌一把：我瞒着众将士跳进了母貔貅的嘴巴里。刚进入时空隧道时，身体被撕扯得厉害，我感到撕心裂肺的疼痛。姒姬已经支离破碎了吧，我来谢罪了，我这样想着。可是，预想中的坏事并未发生，因为公貔貅对我起到了保护作用。我隐约记得自己离开时空隧道的一刹那，公貔貅离开了我的身体。与此同时，公貔貅所承载的记忆似乎随之消失了。我也就此开启了第二次的循环。不过之前的记忆并没有一股脑涌进我的脑海，而通过一些线索，比如兵马俑、通风口的工具包、水泥房间、笔记本上的字、甬道里的楼梯等，循序渐进地唤醒了沉睡的记忆。这一点跟山寨版获得记忆的方式截然不同。毕竟我跟他们获得长生不老的方式不同。我猜应该是因为寄生在我体内的公貔貅起到了什么作用。上一次，我背叛了 Lolita，这一次，我救了她，救了她，也就意味着背叛了……”

这时，小明从小希背后探出头来，打断了水哥的叙述：“水哥，Lolita 不是被三个山寨版抓着了吗，山寨版那么厉害，你怎么救的她？”

水哥的眼神失去了焦点，似乎又陷入了银龙湖上，那个正在被吞噬的山坡上的场景。

“佘玄，哦，就是 Shirley 开始跳舞的时候，我身体内的公貔貅有了感应，给了我一部分它的力量，我可以凭着自己的意念，制造出一片黑雾。本来山寨版们是让我吞噬掉 Lolita 的，我假装答应，他们也根本没提防……”

说到这里，水哥叹了一口气，看来欺骗上辈子对他一片忠心、甘愿为他去死的部下，对他来讲不是什么好受的事情。

他接着说：“我就用黑雾把佘玄和王奇吞了。”

小明眼睛都直了，“那么可怕，不，那么厉害！对了，还有小陈呢，最厉害的那个小陈，你也用黑雾把他吞了？”

水哥摇了摇头，“他动作很快，一下子就闪开了。”

小希也皱紧眉头，“那你是怎么解决他的？”

水哥苦笑了一下，似乎不是很愿意描述这一段，又沉默了一会儿才继续讲述：“我……我用了一个方法，让他跳进母貔貅的嘴巴里。他把徐福扔进去的时候，一定没有想到，他死了一次，又复活了，第二次死掉的时候，竟然还是这个方式……”

我不耐烦地打断了水哥的话，拍着床说：“我要听的是惊悚故事，斯蒂芬金，结果你现在给我来了个玄幻言情电视剧，仙剑奇侠，古今大战秦俑情。水哥，别扯这些没用的，你就告诉我你到底是怎么出来的？又为什么不让人坐在你右边？”

水哥似笑非笑地看着我说：“不用着急，既然都已经讲到这里，我一定会全部讲完的。”

他又意味深长地看了我一眼，“阿鬼啊，只希望你听完了，不要后悔。”

小明还是躲在小希身后，伸手递给水哥一瓶矿泉水，他咕噜咕噜喝完一瓶，深深吸了一口气，开始讲这一次的结局："小陈被母貔貅吃掉以后，仪式没有按照既定的计划进行，就终止了。山坡上的学校，又慢慢从母貔貅的嘴巴里升起来，银龙湖的漩涡平复了，湖面也重新变成了水银的颜色。"

小希还记得之前时空重叠，两个朝代的水哥合二为一的茬，忙问道："这样的话，秦朝的那个霍岩会怎么样呢？"

水哥赞许地看了她一眼，继续说："我也不知道，因为仪式没有圆满完成，两个时空就彼此割裂开了，那个霍岩成不了神仙，大概就会困在秦朝的天禄仙岛，陪着七百多个下属的尸体，孤独终老吧。

"说回我自己，这时候 Lolita 还在昏迷中，我在山坡上抱着她不知道该往哪里逃。我们坐在了上辈子一起坐的山坡上，看着对面的黑色巨岩。夕阳很好，我在等着 Lolita 苏醒过来，甚至想着，就这样相依相偎，等着把运动桶包里的食物吃光，然后两个人一起跳进银龙湖里去喂母虫子，不过这样做的话，Lolita 就会死。有了姒姬那一次的教训，我不愿重蹈覆辙，更不愿一个人独活。我要带 Lolita 离开地库，实现自己当初的承诺。

"在她醒来之前，我想起了小王变成山寨版之前说的话。他在地库里的时候，从两片黑雾里都看到了礼堂里的兵马俑，所以，在那个大礼堂里，一定有和地库相同的黑雾。

"于是我等着 Lolita 醒了后，大概跟她说了下事情经过，还有我的分析。她也同意我的看法，决定去大礼堂里看一下。"

这时，小明插问了一个很煞风景，但是大家都很关心的问题。

“你们那个……了吗？”

水哥苦笑了一下，没有承认，也没有否认，接着讲道：“我们吃了点东西，又休息了一下，我就带着 Lolita 到礼堂里去探索。

“当然，你们看我现在还坐在这里，说明我的猜测是对的。我们发现，大礼堂的舞台地板上有一个洞，下面黑漆漆的连电筒都照不穿，我估计这里要么通往电梯通风口，要么通往连接地库入口的那道斜坡。而在舞台到幕后的楼梯上，有一片黑雾。我牵着 Lolita 穿过黑雾，一片埙和编钟的声音过后，果然就到了连接地库入口的那道斜坡上。”

小明恍然大悟，插嘴道：“所以你说后悔没有一早仔细听小王的话，要是知道连接地库入口的那道斜坡就能直通大礼堂，也就不用经过什么青铜门、秘道、吊桥……”

小希接着说：“就好像打超级玛丽，跳关的那个水管嘛！”

我想到了被黑雾吞噬掉的小王和 Shirley，又提出了一个疑问：“为什么 Shirley 被黑雾吞掉之前，会留下一张不要相信我的纸条？被黑雾吞噬又是怎样一种体验？”

水哥耸了耸肩：“按照我自己的推测，原版在被黑雾吃了之后，会首先从青铜门的那个貔貅脸里掉出来，在那个三合板做成的水泥房间里，进行一些类似同步的工作。同步的过程中，会出现原版和山寨版意志相互拉锯的情况。我想笔记本上的那些字，可能是处于原版意志下的人写的，也可能是处于山寨版意志下的人写的，甚至是介于原版与山寨版之间的混乱状态下的人写的也未可知。你们要是不赞同这种说法，还有更科学一点的解释。想必你们也知道，除了意识，人还有潜意识。人在潜意识状态下做出的事情，清醒后一般都不会留下什么印象。我曾看过外国的一个报道，一个人醒来，发现自家的车不见了，以为被人偷走了，就报了警。好在警察在几公里外找回了车子，不过追查小偷行迹的时候，从沿路监控发现了一件不可思议的事情。监控视频显示，开车的那个人是这个人自己。也就是说，这个人晚上在潜意识的状态下，自己将车开到了几公里外，然后又走路回到了家。你们知道这个过程里最令人难以置信的一点是什么吗？这个人不具备驾驶技能，连驾照都没有，车一直是这个人的家人在开。我举这个例子是想告诉你们一个道理——宁可信其有，不可信其无。”

“我暂且相信你总行了吧。”说完，我又想到了什么，皱着眉头问道，“你好像也在上面留了信息啊！难道说其实你是最早被黑雾吞噬掉的，但是因为公貔貅取代了你的海马体，所以抹掉了这些记忆？”

不过，转念又一想，即便水哥真是山寨版的，但他跟小陈、小王、Shirley 那样的山寨版应该有区别，因为前面他也说过，他跟他们获得长生不老的方式不同，而且他跟山寨版获得记忆的方式也截然不同。

小希和小明当然没我想得那么深。她们听了我说的话，身体明显后仰，似乎想要离这个可能是山寨版的水哥远点。

水哥却没有否认我提的这种可能性，将话题引向了另一个地方。

“你们刚才猜得对，如果早听小王的话，从黑雾进到大礼堂里，那很可能他就不用死。但我后悔的地方，还不止于此，这里还关系到最终我们逃脱这个地库的方式。如果我能早听小王的话，并且足够聪明，Lolita 就不会……”

我拍了一下手掌，大声说：“水胖子！你终于说到这儿了，赶快把你编好的结局告诉我，要是逻辑不通的话，就把那个花和尚烟斗还给我！”

水哥对于我粗暴地打断他，一点都不生气，继续说——

“那个银龙湖的存在，不光是为了养着母貔貅，还有一个更重要的功效，就是通过巨量的水银来增强磁场，让母貔貅吞噬掉更广范围内的时间。

“一旦进入了地库，时间就按照两个系统在走。计时仪器所记录的时间，还有没生命的物体上的时间，都被母貔貅吃掉了，困在短短的几十秒内。而生命体所感受到的时间，还是正常地在流逝，所以我们一样会饿，一样会渴，待久了一样会死。

“之前和 Lolita 在过桥的时候，母貔貅跳出了银龙湖，去吃那个水壶，这个时候，被它吞噬的时间就开始失控了。我的手表开始乱转，而 Lolita 的手机闹钟也刚好响起。这也就是冲出地库的关键所在……”

三个人都睁大眼看着水哥，他深深吸了一口气，揭开这个故事最关键的逃脱方式：“母貔貅跳出湖面的时候，被它吞噬的时间就会失控。只有在这个时候，黑雾才会消散，地库与正常的时空重新连接在一起，我们就能冲出地库，回到原来世界的地面。”

我瞪大了眼睛，“就这么简单？”

水哥摇了摇头接着说：“不，一点都不简单。首先，母貔貅跳出湖面，是一件非常不规律的事情。我和 Lolita 是通过观察手表来确定，当手表一开始乱转的时候，说明母貔貅正在跳出湖面。这是一个非常随机、非常不规律的事件，我跟 Lolita 两人轮流睡觉，醒着的人负责盯表盘。最长的一次，表盘连续十三天都没有转动，当然不能排除另一种可能性，就是表盘转了，但值班的人没有发现。还有几次，我正在上厕所，表盘突然连续转了两次，但根本来不及开车往上面冲。”

小明惊讶地啊了一声：“为什么有那么多次？一次跑过去不就行了吗？”

小希也补充道：“还有开车是什么意思？”

水哥深深吸了一口气，解释道：“黑雾消散的时间非常短，只有一到三秒。我们一开始是用跑的，尝试了几次之后，发现这个速度根本来不及穿越整片黑雾的区域。只要母貔貅掉回银龙湖，手表指针停止转动，黑雾会重新聚拢，我们就又跑到了负三层的地库里。

“后来，我和 Lolita 都认为，只有两个人开车，停在黑雾前的斜坡上，并一直保持启动的状态。等手表开始乱转的时候，马上踩油门往黑雾里冲，才有可能赶上这个速度。这需要很强的技术性，只有男人可以胜任，所以都是我来开，Lolita 坐在我右边的副驾驶位上。”

说到这里的时候，水哥侧过脸来，似笑非笑地看着我。

不知道为什么，我忽然有种毛骨悚然的感觉。

水哥继续往下说：“我们在负一层，开动我的那辆墨绿色 Mini

Cooper，然后把大本营的食物，搬了一堆放到车后座和尾厢里……”

小明打岔道：“那个 Lolita 兵马俑的头呢？”

水哥回忆了一下说：“当时也放在车上，不过出来之后就被……被那些人拿走了。”

我皱着眉头问：“姒姬兵马俑的头和你的兵马俑的身躯，为什么会各自出现在两辆不同新旧的 Mini Cooper 上？”

水哥看来也思考过这个问题，所以立刻抛出了他的答案：“我也不知道。”

我有点恼火，横了他一眼说：“这是你讲的故事，什么叫你也不知道？”

水哥耸耸肩说：“我只能猜测，是在错乱的时空中，有一个我或者别的什么人，出于什么目的，带着这些兵马俑从大礼堂里出来，然后放在车上。这个人最后从地库出去了，或者死在某个我们没发现的角落，要不然就是被母貔貅吃了。我只能这么猜想，却没有办法去证实。那个走不出去的地库……就算能再回去，有谁愿意回去？”

我还要表示不服，却被小希阻止了，她瞪了我一眼说：“乖乖坐着，听水哥把故事讲完。你那么聪明，如果楼下早餐卖热干面的有一天没开张，你知不知道是为什么？”

我分析了一下可能性：“摊主病了，回老家了，中了彩票不干了……对，还可能是被工商局查得厉害。”

小希继续瞪我，“到底是为什么，你知道吗？”

我一下子没了脾气，小声地说：“我不知道。”

小希满意地点点头，对水哥说：“别理他，继续讲，你们开着 Mini Cooper，然后呢？”

水哥深深吸了一口气，又陷入了那段黑漆漆的回忆里。

“然后，我开着车，Lolita 坐在我的右边，就像现在我和阿鬼这样。我们把车停在负一层的斜坡车道上，我为了冲关的时候争取时间，连手刹都不敢挂，一直是怠速运转的状态，挂在 P 挡，踩着刹车。我把手放在挂挡的杆子上，随时准备切换到 D 挡，一踩油门就往上冲。

“前面说了，黑雾消散的时间很不规律，我们都是凭手表的突然乱转来预警的。我和 Lolita 轮流睡觉，醒着的人负责盯着我那块绿水鬼。我还好，毕竟男人嘛，还能抽烟斗提神。Lolita 是小姑娘，在车上待一小时就受不了了。

“偏偏母貔貅好像越来越不爱跳了，起码隔四五天，黑雾才会消散一次。我不断地调整、优化开车的技术环节，感觉离冲出去越来越近，有一两次甚至都看见地面的出口了。可是，每次都差这么一点点……

水哥叹了口气：“每次都以为下次一定能行，但每次都被现实打脸，从情感上很难接受。尤其是两个人在黑漆漆的地库里待了那么久，被困在一辆车上，绑着安全带不能动，更别提都一个月没洗澡了，身上那味道……在这种漫长的等待和煎熬里，情绪低落是正常的，这个在女性身上体现得更为明显。

“为了打发时间，值班的时候，Lolita 就玩我的笔记本电脑。你们想想，一台没有网络的笔记本电脑能干什么？一开始是看电影，把硬盘里的几部电影翻来覆去都看了五遍以上。还有就是翻文件夹里的照片，这几年我的各种照片，部门活动的，出去旅游的，甚至和女朋友在一起的自拍，她也能忍着吃醋翻来覆去地看。

“到后来实在无聊，她就有了个想法，要把我们在地库里的离奇经历，写成小说。一开始我也挺支持她的，可是……”

说到这里，水哥长叹了一口气——

“就是在这个时候，我发现她的精神状态……出了问题。

“她建了个 word 文档，写了删，删了写，最多的时候我看她写了有八千多字，但又全部删掉了，说是写得不好。

“有一次，我一觉醒来，朝右边看去，Lolita 正聚精会神地看着电脑屏幕。我问她在干吗，她很兴奋地跟我说：‘Water 你看，你看论坛的这个帖子！好可怕呀！讲的是两个人被关在一个无限循环的地库里，出不去。’

“我大吃一惊，揉揉眼睛，再仔细地看着电脑屏幕——那根本不是什么论坛，而是一个 word 文档，里面空空如也，只有一个大大的标题——地库。

“然后，她把我们所经历的事情，当作是网上帖子里的内容，复述给我听。也就是说，在一连串诡异的经历、漫长的等待之后，在巨大的精神压力下，她开始逃避现实，逃避目前遇到的困境，把自己当作了一个电脑前的观众，正在看的是网上的一个帖子，好像只要她愿意，随时就可以关掉浏览器，起身走人。

“我仔细考虑了下，不敢强烈刺激她，只能小心翼翼提醒，让她从虚构的场景里醒过来，认识到自己还待在地库里。一开始，只要摸摸她的肩膀，让她看着我的脸就行。后来，又两三次尝试冲出去失败后，我发现叫醒她越来越难了。有时她会粗暴地打断我，对着我大吼，让我不要开这种玩笑。

"'哈哈你疯了吗？这只是论坛上的一篇文章，这个楼主还更新得特别慢！别开玩笑了，我怎么可能是Lolita！对了，你是谁？'她会这么跟我说。

"再后来，Lolita的情况越来越严重。她不光把自己当作电脑前看帖子的，而且还依据我硬盘里那些生活照片，把自己想象成各种角色。比如说，我的大学同学、我的女朋友、我的前同事、我的表弟……然后，她代入这些角色，把自己想象成正生活在外面的正常世界里。"

我坐在水哥的右边，感觉越来越不安。我开始怀疑，这么千方百计地让水哥讲这个故事，是不是一个正确的选择。或者真的像他说的那样，不把这个故事说出来，其实是为了我们好。

这时，水哥深吸了一口气，脸上的表情比我还痛苦，"比如有一次，表盘刚开始乱转，我一脚油门就往正在消散的黑雾里冲，她突然在右边来了一句：'谢谢你送我回家，今晚的火锅真好吃！'

"我吓得够呛，一秒钟才回过神来，结果又错过了冲出去的时机。而那一次之后，Lolita的精神问题就很严重了，普通的解释劝说根本不能让她回归现实。后来，我只好想了个损招……"

水哥举起右手，似笑非笑地盯着自己的掌心，"那条公貔貅还在我身体里，虽然没有了佘玄的舞，不能制造黑雾，但大概它吃了我一些器官，跟我心灵相通。我可以随时让它撕裂我的手掌，爬出来咬人一下。被公貔貅咬的痛楚，一般来说足以让 Lolita 清醒过来，伤口又会快速愈合，不留下创伤。”

说到这里，水哥转过脸来看着我，“就像……刚才咬了你那样。”

我似乎被水哥催眠了，下意识地举起左手，端详着手背。正如他所说，那上面没有一点伤痕，但是被咬的尖锐痛感还残留在上面。

对面床上的小明和小希，发出低低的惊呼。那声音在我听起来，却是那么虚幻和遥远。

水哥低下头去，双手捂着脸，指缝里传出他的声音：“后来，在尝试了十七次还是十八次，生理感受超过一个半月之后，我们终于成功冲出了地库。但是，Lolita 出现了严重的精神障碍，被送进精神病院。”

水哥停顿了一下，接着说：“兵马俑的头被‘那些人’带走调查，地库里失踪了三个人的消息被封锁下来，我得到一大笔赔偿金，离开了公司。我把那辆 Mini Cooper 卖掉，再也不开车了。为了逃避痛苦，我用食物来缓解精神创伤，也因为没有实现诺言，把 Lolita 好好地带出地库，所以这两年我放弃运动，暴饮暴食，胖了五十斤。”

他接着深深吸了一口气，“至于这几年来，我为什么不让人坐我右边……”

我对于水哥的答案已经有了预感，感觉如坐针毡，想要站起来，却被一种莫名的无力感压抑住了。这种感觉，就像是梦魇的时候，大脑清醒了一部分，身体却不受控制。

水哥继续往下说，语气却越来越急促：“你们看，我现在从地库里出来了，就在你们眼前，对吧？我自己也是这么认为的，可是我有时候，有时候会想……”他庞大的身躯开始发抖，“我会想，会不会我也像Lolita一样，只是幻想自己活在外面的世界里，其实，我根本没从地库里逃出来。不，不对，不是我……是我们，我们根本没……”

我不寒而栗，颈椎一阵僵硬地痛，那种感觉就像在一辆车上坐了太久，很不舒服。

水哥突然转过脸来，死死地盯着我看。

他脸上的五官扭曲成一片，牙齿咯咯作响，用快哭出来的声音说：“我从来不让人坐我右边，是害怕我回过神来，突然发现眼前的一切都是我想象出来的，实际上我还是在墨绿色的Mini Cooper上，在那该死的永远走不出去的地库里，而我的右边，坐的就是你……Lolita。”

我突然一个激灵，像是从梦里突然醒来，左手一阵被啃咬的感觉，疼得我跳起身来，却像是被安全带绑着，砰一声又坐了下去。

房间的灯光突然黯淡下来，前方两个女人的惊呼声，哑得像是隔了一层挡风玻璃，又像是我脑海里虚构出来的。

一阵马达的轰鸣声响起，然后，左边传来水哥的声音：“坐好了，我们冲出去。”